AF177852

CULTURBOOKS

FRANK GÖHRE

DIE STADT, DAS GELD UND DER TOD

KRIMINALROMAN

Originalausgabe
Copyright @ CulturBooks Verlag 2021
Gärtnerstraße 122, 20253 Hamburg
Tel. +49 40 31 10 80 81
info@culturbooks.de
www.culturbooks.de
Alle Rechte vorbehalten

Redaktion: Jan Karsten
Herstellung: Klaus Schöffner
Satz: Dörte Karsten
Umschlaggestaltung: Cordula Schmidt Design, Hamburg
Druck und Bindung: CPI – Clausen & Bosse, Leck
Printed in Germany
1. Auflage 2021
ISBN 978-3-95988-184-5

PERSONENREGISTER

Der Familienclan

Nicolai Radu	Immobilienkaufmann
Lucian	Nicolais Bruder, Gebraucht-wagenhändler
Dragon	Lucians Sohn, Discobetreiber
Valea	Nicolais und Lucians jüngere Schwester, Juristin
Pjeter	Chauffeur und Bodyguard
Ivo	Nicolais Partner
Mirela	Haushälterin bei Nicolai
Der Cousin	der Mann in den Karpaten

Die Pokerrunde

Matthias Unger	Rechtsanwalt
Jo Gabler	Chefredakteur
Martin Hirst	Zweisternekoch

Angehörige und andere

Hanna	Nicolais Frau
Peter Pietsch	Hannas Vater, Kaffeegroßhändler
Rainer Pohlmann	Leiter einer Sparda-Bank-Filiale
Kristina	Arzthelferin, Ivos Ex
David	Kristinas und Ivos Sohn
Sylvia	Ungers Frau
Christiane	Sylvias jüngere Schwester
Gigi	Jo Gablers Lover

Damals.

Damals in Hamburg.

Damals im ersten Jahrzehnt des neuen Jahrtausends.

PROLOG

In den frühen Morgenstunden des 19. März, drei Tage vor Ostern, wird im Eimsbütteler Park am Weiher die Leiche eines Jugendlichen entdeckt.

Sie liegt am Wegrand.

Wie hingestürzt. Die Arme weit nach vorn gestreckt.

Das Gesicht in einer Pfütze. Im Dreck.

Auf der Jeansjacke Taubenschiss. Ein Sneaker ist über die Ferse gerutscht.

Der Tote wird als David Wójcik, sechzehn, Sohn der alleinerziehenden Praxishelferin Kristina Wójcik identifiziert. Er weist keinerlei Anzeichen körperlicher Gewalt auf. Bei der Obduktion aber wird in seinem Blut eine größere Dosis Amphetamine festgestellt, die offenbar zu einem Herztod geführt hat.

Ein Drogentoter mehr in der Statistik der Freien und Hansestadt.

Davids leiblicher Vater ist der Rumäne Ivo Jasari, neununddreißig, geboren in einem abgelegenen Dorf in den Karpaten. Er sitzt wegen schwerer Körperverletzung mit Todesfolge in Zusammenhang mit dem Schmuggel von Luxusartikeln fünfeinhalb Jahre in Santa Fu, der Strafvollzugsanstalt Fuhlsbüttel, ab.

Ivo ist vor vielen Jahren an einem der heißesten Tage nach Hamburg gekommen, an den Händen noch frisches Blut. Es ist keine vierundzwanzig Stunden her, dass er in seinem Sechshundert-Seelen-Bergdorf den Friseur mit zwei aus kurzer Distanz abgefeuerten Schüssen getötet hat. Er habe die Ehre seiner Schwester beschmutzt. So ist es Ivo zugetragen worden. Seine von Weinkrämpfen geschüttelte Schwester hat selbst kein klares Wort herausgebracht. Das hat ihm als Beweis gereicht.

Ivo hat den von seinem Vater hinterlassenen Armeerevolver aus dem Versteck geholt und nach der Mittagsruhe dem Friseur das Hirn weggepustet.

Am nächsten Tag sitzt er bereits in einer Maschine der Tarom nach Wien und trifft am frühen Abend in Hamburg ein. Den Flug hat der im Nachbarort lebende Cousin gebucht. In seiner Kfz-Werkstatt hat Ivo die letzten Monate gearbeitet, und von ihm wird er auch dem Verwandten im hohen Norden angekündigt.

Und so steht er dann in der Wohnung über einer Kiezkneipe einem etwas übergewichtigen Nicolai Radu gegenüber, der unausgeschlafen und noch unrasiert ist und einen grellfarbenen Sportanzug aus irgendeinem dünnen Stoff trägt. Er wird von ihm begrüßt, als wären sie alte Kumpel, ey, du, alles klar? Hau dich irgendwohin, willste was rauchen? Und aus einem der Zimmer kommt eine nur mit einem Höschen bekleidete Frau hinzu, greift Nicolai in den Schritt und lacht schrill.

Für Ivo ist das alles sehr verwirrend.

Später am Abend, es ist noch hell, und vor der Kneipe stehen 'ne Menge Leute rum, die ihr Bier trinken und lautstark palavern, nimmt Nicolai ihn mit auf seine Tour durch die Spielhallen, zeigt ihm diesen und jenen Automaten und einige Tricks beim Risikospiel. Da sind vor allem ein waches Auge und schnelle Reaktion gefordert, und Ivo, das stellt sich gleich von Anfang an heraus, verfügt über beides.

So verbringt er die erste Zeit als Nicolais Begleiter, kommt dabei aber nicht weit über das Viertel hinaus. Er kann ein paar Scheine bunkern, einen Betrag, den er nach und nach aufstockt, und wird im Milieu schon bald als »flinker Finger« bekannt.

An Nicolais Seite steigt er dann auch in bis zum Morgengrauen andauernde Pokerrunden ein, was nicht immer glatt verläuft. Scheiß Kanacken, bekommen sie zu hören, Zigeunerpack, wenn sie wieder einmal groß abgegriffen haben, und oft bleibt es nicht bei diesen verbalen Attacken, Springmesser schnappen auf, oder in der Hand von irgendeinem Arschloch schimmert plötzlich eine Automatik, Penner durch die Bank, die kein noch so gutes Blatt richtig ausspielen können, es einfach nicht draufhaben.

Manchmal, vor allem aber an den Wochenenden, hängen sie die letzten Stunden im Top Ten oder im Trinity auf der zu der Zeit noch geilen Meile ab, protzen mit ihrer Kohle und auch mit Dope, geben sich ansonsten cool und knallen die heißesten Bräute, Nicolai immer schön bei sich zu Hause in der Kiste, während Ivo so manche Nummer an den Mülltonnen in irgendeinem Hinterhof schieben muss ... *Rock, Rock your baby ... Do it.*

Nicolai, der Glückliche, und Ivo, der flinke Finger.

Die Zeit vergeht wie im Flug. Ivo kommt inzwischen ganz gut zurecht in der City of Sin, dem Tor zur Welt, weit offen für alles und jeden, für jemanden wie ihn. Es sind super Jahre, alles easy.

Dann wird es Herbst, der Winter kündigt sich an, und es soll in diesem Jahr ein harter Winter werden, mit Schnee und Eis und zugefrorener Alster.

Ivo kauft sich warme und vor allem elegantere Klamotten, feines Tuch, und einen knöchellangen pelzgefütterten Wildledermantel. Darin eingehüllt schlittert er in der Silvesternacht Arm in Arm mit Nicolai vom Man Wah, wo sie gegessen haben, rüber ins Blue Sky, wo sie schon mehrere Male aufgeschlagen sind.

Nicolai ordert Champagner und informiert Ivo mehr beiläufig darüber, dass der Laden von Punkt zwölf Uhr an zu fünfzig Prozent ihm gehöre, eine damit eingelöste Spielschuld des bisherigen Betreibers, eines im Milieu ohnehin nicht mehr sonderlich gut angesehenen Gastronomen.

Er lacht, schlägt Ivo locker auf die Schulter und tönt, Bruder, das ist erst der Anfang, wir steigen noch ganz groß ein, glaub mir, Bruder, glaub mir, ich hab da was an der Hand, das läuft wie von selbst, verlass dich drauf.

Es sind heruntergekommene Mietshäuser in den Seitenstraßen am Rand des Viertels, die Nicolai nach und nach erwirbt, während Ivo im Blue Sky allmählich allein das Sagen hat und es letztlich ganz übernimmt.

Er engagiert Landsleute als Türsteher und Aufpasser, harte Jungs aus den Karpaten, die weder Angst noch Respekt vor den großen Nummern im Milieu haben und sich rasch die Kontrolle über einige Bars und Kneipen verschaffen und auch im Sex-Laufhaus mitmischen, eine schon bald gefürchtete Gang.

Die Rumänen! Die Rumänen! Die Rumänen erobern den Kiez!

Und der Mond wirft sein Licht auf das blutgesprenkelte Pflaster vor den Spielhöllen und Diskotheken, spiegelt sich im Fluss, Nacht für Nacht, über Hamburg und anderswo.

Das von Nicolai verwaltete Geld stapelt sich, wird in weitere, neue Objekte investiert und ist in Bankschließfächern deponiert. Ein Teil wird in die Heimat transferiert. Zum Cousin, dem Paten in den Karpaten. Es geht voran, immer weiter voran.

Gelegentlich aber gibt es dann doch Zoff in einem der von Schicksen und Schnöseln aus gutem Haus frequentierten Clubs oder auch auf der Straße, und Ivo fängt sich etliche Anzeigen ein – Vorladungen, Verwarnungen, Geldbußen. Das summiert sich, und Nicolai muss ein ernstes Wort mit ihm reden. Er hat nämlich was mit einer Soliden laufen, Tochter des den Sozis nahestehenden Kaufmanns Peter Pietsch, ein in der Stadt hoch angesehener Kaffeeimporteur, Initiator diverser Spendengalas, also halt dich zurück, Bruder, warnt er seinen Kumpel, kein Stress.

Seit über vierzig Jahren schon regieren die Sozialdemokraten die Freie und Hansestadt Hamburg, und nirgendwo sonst im Land bestimmen Seilschaften, Kumpaneien und Ämtermissbrauch den Alltag so sehr wie in dieser Stadt. Es gibt keine Behörde, keine Stiftung und kein staatsnahes Unternehmen, auf die sich der Einfluss der Partei nicht ausgedehnt hat. Die politische Elite ist total verfilzt und versumpft, weiß Nicolai und will mitmischen, er hat die Sprache derer, die in der Stadt das Sagen haben, schnell gelernt: *Pleased to meet you / Hope you guess my name / But what's puzzling you / Is the nature of my game …*

Im Sommer ist es dann so weit, dass Nicolai seine Hanna heiratet, und Ivo, mit modisch geschnittenem Haar, Dreitagebart und dem Anlass entsprechend festlich gekleidet, darf Trauzeuge sein. Er ist mit einer polnischen Tresenbedienung auf dem Fest im über dem Fluss liegenden Kamphüs erschienen, mit Kristina, einer lockeren Beziehung, null Problem also, sie macht sich auch schon mal für andere lang.

Doch Monate später konfrontiert sie ihn mit der Ansage, von ihm schwanger zu sein, zweifelsfrei. Das passt ihm irgendwie überhaupt nicht in den Kram, nein danke, besten Dank auch, aber Kristina beharrt darauf, das Kind zur Welt zu bringen, egal ob mit ihm oder ohne ihn als Vater. Also nickt Ivo schließlich ab. Ist ja ohnehin ihr Ding, was sagst du, Bruder, nun sag schon?

Nicolai aber hält sich mit Ratschlägen zurück, hat für Beziehungsfragen ohnehin kein Ohr, mag er einfach nicht. Er feiert in einer Bar mit Blick auf den Hafen den ersten von seinem Schwiegervater nicht uneigennützig vermittelten Kredit der Reinbeker Sparda Bank: eine Million für den Kauf der Musikkneipe Elbbarkasse an den Landungsbrücken.

DAS HANDYVIDEO

1   Das Osterwochenende nach Davids Tod ist
weitgehend sonnig bei milden Temperaturen. Die
Ostseestrände und Nordseebäder sind gut besucht. In
Hamburg sind Spaziergänge an Alster und Elbe an-
gesagt, Fischbrötchen auf der Großen Elbstraße und
der Jazzfrühschoppen in der Fabrik, Dixieland, Pin-
keljazz.

Am Dienstag nach den Feiertagen meldet sich am
späten Abend ein Mann, ein Schwarzafrikaner unbe-
stimmten Alters, bei dem inzwischen dreiundvierzig-
jährigen Immobilienkönig Nicolai Radu.

Nicolai bewohnt mit seiner Frau Hanna, geborene
Pietsch, Chauffeur und Hauspersonal eine dreigeschos-
sige Jugendstilvilla am Harvestehuder Weg. Baujahr
1911. Fünfhundertachtzig Quadratmeter Wohnfläche
mit Einliegerwohnung und Garten.
    Der Kaufpreis nicht bekannt.

Nicolais privates Büro ist im dritten Stock, mit Blick
auf die Alster.
    Technik dominiert. An der Wand ein großforma-
tiger Daniel Richter.
    Der Mann erzählt Nicolai und seinem Chauffeur Pje-
ter eine Geschichte mit vielen Andeutungen und An-

spielungen auf Hamburger Prominente. Er belegt das mit der Aufnahme eines Handyvideos. Das sei zu erwerben. Es gebe keine Kopien.

Der Mann nennt einen vierstelligen Betrag und deutet mit einem schiefen Lächeln an, darüber könne man aber auch verhandeln.

Nicolai betrachtet die Aufnahme genau. Kneift die Augen zusammen, sieht noch einmal hin. Er lässt sich nicht anmerken, was die Bilder bei ihm auslösen. Nicht ein Muskel zuckt in seinem Gesicht. Er lehnt sich in seinem Stuhl zurück, hat noch Fragen. Fragen nach Details.

Die Antworten scheinen ihn zu befriedigen. Er seufzt jetzt. Er dankt.

Er nennt den Betrag, den er zu zahlen bereit ist, wechselt mit seinem Chauffeur einen Blick.

Pjeter tritt hinter den Mann. Er wirft ihm eine Drahtschlinge über den Kopf, erdrosselt ihn damit.

»Schaff das Arschloch weg«, sagt Nicolai. »Du weißt, was du zu tun hast.« Er legt das Handy des Schwarzen in die Schreibtischschublade. »Wann kommt Ivo raus?«

»Vorzeitig. Nächste Woche.«

»Dann solltest du das umgehend erledigen.«

Als Pjeter gegangen ist, tritt er ans Fenster und schaut über die Alster auf die Lichter der City. Er liebt diesen Blick, er liebt diese Stadt, die nun schon seit vielen Jahren seine Heimat ist. Was er auf dem Handy gesehen hat, geht ihm nicht aus dem Kopf. Es sticht wie mit glühendem Eisen, es schmerzt. Es zerreißt ihn. Er möchte schreien vor Schmerz. Er schreit nicht, obwohl ihn jetzt niemand hören würde.

2   Nicolai betritt Hannas Zimmer. Der Fernseher läuft. Merkwürdige Gestalten zischen über Meer und Gebirge. Flügeltiere speien und grunzen. Nicolai schaltet die Scheiße aus.

Hanna sitzt in ihrem hohen Sessel, den Kopf gesenkt, das Weinglas ist ihr aus der Hand geglitten. Sie ist eingenickt.

Nicolai betrachtet sie. Er sieht in ihr immer noch die junge, lebensfrohe Frau, die er begehrt, die er liebt. Das blonde Mädel mit dem Hamburger Schnack. Doch sie ist krank geworden, Brustkrebs, Operation und noch andauernde Chemo. Sie ist erschöpft. Wenn sie von der Behandlung zurückkommt, legt sie sich hin, schottet sich ab. Sie will niemanden sehen, sie will nicht reden. Sie trinkt. Trinkt ihren Weißwein entgegen allen ärztlichen Ratschlägen. Das ist nicht gut, tut ihr nicht gut, und sie weiß es. Sein Hals wird eng. Er schluckt, die Augen werden feucht.

»Liebes, du darfst nicht schon gehen«, sagt er leise, »ich brauche dich doch.« Er haucht ihr einen Kuss auf die Stirn, drückt ihre Hand. »Du wirst Gesellschaft bekommen, bald schon. Das wird dich ein wenig aufmuntern.«

Hanna murmelt etwas Unverständliches.

Nicolai nickt zuversichtlich. Er bringt sie zu Bett.

Es ist spät geworden. Auch er ist müde. Er geht nach nebenan in sein Schlafzimmer und hofft auf einen tiefen, traumlosen Schlaf.

Vergessen. Vergessen können.

3   In der Nacht zum Samstag kommt es um 3.18 Uhr in den hinteren Räumen des vorwiegend von Schwarzen frequentierten Dancing Clubs am Eimsbütteler Park zu einer Explosion.

Feuer bricht aus. Schwarzer Rauch steigt auf.

Die beiden Pächter und Betreiber des Clubs, ein Portugiese und seine deutsche Partnerin, sowie die studentische Tresenbedienung kommen dabei ums Leben. Die zu diesem Zeitpunkt letzten Gäste können sich ins Freie retten. Einige mit lediglich geringfügigen Verletzungen.

4   Das Tor der Strafvollzugsanstalt Fuhlsbüttel, Santa Fu, öffnet sich. Ivo tritt heraus, ein mittelgroßer, hagerer Mann mit schmalem Gesicht, dichtem schwarzem Haar und Schnäuzer, bekleidet mit einem grauen Zweireiher, offenem Hemd und blank gewienerten schwarzen Schuhen.

Er sieht elend aus.

Pjeter steigt aus seinem Range Rover und geht ihm mit weit ausgebreiteten Armen entgegen.

Er umarmt und küsst ihn auf beide Wangen.

»Nicolai erwartet dich«, sagt er.

»Fahr mich zu Kristina«, sagt Ivo.

Kristina öffnet ihm. Sie ist schmaler geworden, hat ihr Haar weißblond gefärbt, eine Kurzhaarfrisur, ein Herrenschnitt mit einem akkurat gezogenen Scheitel links. Ivo checkt einen Moment zu lange ihre Figur, die sich unter dem Shirt abzeichnenden hochgepushten Brüste.

Ihr Blick verdüstert sich.

Wortlos gibt sie ihm zu verstehen einzutreten und geht vor.

Die Küche ist neu eingerichtet, viel Metall und Glas, die Wand über dem Herd ist blau gestrichen.

Ivo setzt sich an den runden Esstisch und kramt sein Tabakpäckchen hervor. Routiniert dreht er sich eine Kippe, klickt sein Zippo auf. Kristina schenkt Kaffee ein.

»Es gibt nichts, was du nicht schon weißt«, sagt sie und stellt ihm den Becher hin.

»Wie war er? Ich meine, der Junge.«

»Dein Sohn.« Kristina bleibt ihm gegenüber stehen, hält ihren Becher mit beiden Händen, ihr Blick geht ins Leere. »Er war dein Sohn. Mehr kann man eigentlich nicht sagen. Im Guten wie auch sonst. Er hat zuletzt oft nach dir gefragt.«

»Warum ist er nicht mal im Knast aufgetaucht?«

Kristina zuckt die Achseln.

»Ich hab ihn nicht gehindert.«

»Super Antwort.«

»Glaub ja nicht, ich hätte es leicht mit ihm gehabt. Er hat sich nichts sagen lassen. Von mir nicht, in der Schule nicht. Von niemandem.«

»Okay«, sagt Ivo. »Okay. Hatte er Freunde, vielleicht schon 'ne Freundin, 'ne Clique, mit der er rumgezogen ist?«

»Ich kenne nur einen Björn. Bei dem war er einige Male. Hat er jedenfalls gesagt. Irgendwo in Övelgönne, direkt an der Elbe.«

»Hat der sich bei dir gemeldet?«

»Nein«, sagt Kristina. »Warum auch? David ist tot, gestorben wie ein elender Junkie. Frag du dich lieber, wer ihn an das Dreckzeug gebracht hat, frag deine Leute!«

Ivo presst die Lippen fest aufeinander. Er fühlt eine unsägliche Wut in sich aufsteigen, kann sie nur mühsam unterdrücken. Am liebsten würde er der Alten eine reinhauen, dieser blöden Schlampe, die es nicht einmal hinkriegt, ihren Sohn unter Kontrolle zu halten.

5   Ein milder Abend. Eine Luft wie Seide. Auch das hat die Hansestadt im Programm. Auf der Krugkoppelbrücke spielt eine ältere Dame Saxofon. Hinreißend schön.

Ab neunzehn Uhr fahren am Harvestehuder Weg nach und nach Luxuslimousinen, Cabrios, Harley's und Taxis vor.

Männer in hellen Anzügen, in Jeans und »Miami Vice«-Jacketts, in Leder und Stiefeln, stolzieren oder gehen lässig mit ihren jungen und sehr, sehr jungen Frauen in die Villa, begrüßen sich, geben Küsschen und klopfen sich auf die Schulter.

Eine bunte, eine schrille Gesellschaft.

Bürgerschaftsabgeordnete, Parteilose und Kaufleute, Sportler und B- und C-Promis, Luden und einige Rocker in Begleitung ihrer Muttis, der Alten, der Liebsten, der Torte.

Vor dem Haus und in den Hecken klicken die Kameras.

Gern fotografiert wird die Familie.

Nicolais jüngere Schwester Valea, geschieden, Anwältin in einer renommierten Hamburger Kanzlei, eine Grace Jones in gestreiftem Hosenanzug.

Lucian, der Bruder, Gebrauchtwagenhändler, hellblauer Synthetikanzug, zu kurz gebundene Krawatte.

Sein Sohn Dragon, immer ganz in Schwarz gekleidet, aktiv auf dem Kiez, mit zwielichtigen Personen auf Du und Du.

Nicolai hat ein rustikales Büfett anliefern lassen, mit Grillfleisch, polnischen Würsten und einem Topf Bohnensuppe, aber auch Aal, Makrele und Beluga, Käse und Obst.

Der Champagner perlt, Wein und Bier werden serviert, die Jungs aus dem Milieu ordern gleich zu Beginn des Abends ihre Spezialdrinks. Mit Rum, mit Gin, mit Wodka.

Wodka. Wodka. Wodka ist der Hit.

Pjeter steht hinter der Bar und verweist den einen und anderen diskret auf einen leeren Champagnerkübel.

Viele Männer greifen schon vorher in die Brusttasche.

Gefeiert wird das fünfzehnjährige Bestehen der Elbbarkasse.

Und im engeren Kreis die Freilassung Ivos.

Nicolai entschuldigt in einer kleinen Runde seine Frau Hanna. Es sei für sie zurzeit zu anstrengend, sie freue sich aber über jeden Besuch. Ein junger, schlanker Mann wartet in gebührendem Abstand, bis Nicolai sich ihm zuwendet. Er überreicht ihm eine Visitenkarte.

Ecuadorian Honorary Consulate
Paolo Diez Monterano

»Ich würde mich freuen, mit Ihnen einen Termin vereinbaren zu können. Rufen Sie mich an.«

Er verabschiedet sich mit einer leichten Verbeugung.

Nicolai schaut auf die Rückseite der Karte.

Handschriftlich ist eine Handynummer notiert.

Paolo Diez Monterano verlässt die Villa.

Er steigt in eine vorgefahrene Limousine mit Diplomatenkennzeichen.

Der Wagen erreicht zwanzig Minuten später das Ecuadorianische Konsulat in Rathausnähe.

Der Morgen graut. Nicolai schnappt sich eine Flasche Wodka aus dem Kübel und lässt sich Ivo gegenüber in den Sessel fallen. Er nimmt einen Schluck. Ivo nimmt einen Schluck.

Sie rauchen Cohibas. Sie reden von früher.

»Weißt du noch, Bruder? Wie wir die Konkurrenz zusammengeknüppelt haben! Voll auf die Fresse und du immer mittendrin!«

»Ich hab mir einiges eingefangen.«

»Hast du weggesteckt, hast du aber weggesteckt, Bruder, du bist ein Harter, du redest auch nicht.«

»Ich rede nicht? Woher willst du das wissen? Ich rede ständig, ich rede viel!«

»Du lässt nichts raus, du verstehst? Kein Geplauder mit den Bullen.«

»Aber so was«, sagt Ivo und rülpst. »So was von Quak-quak-quak. Ich rede, ich rede, ich rede. Ich sülz sie voll.«

»Wie jetzt?«

»Ja, wie wohl?«

»Ey, du – verscheißer mich nicht! Ich reiß dir die Ohren ab!«

Ivo beugt sich vor, schlägt Nicolai kräftig auf die Schulter, lacht, krümmt sich vor Lachen. Er muss husten. Ein trockenes, ein bellendes Husten. Er hat Tränen in den Augen. Tränen der Anstrengung.

Schnapstränen.

Nicolai hilft ihm auf die Beine, schließt ihn in die Arme.

»Ivo«, sagt er. »Mein Bruder, mein einzig wahrer Bruder, wir stehen füreinander ein, ich schwöre ...«
Es schnürt ihm die Kehle zu, er schluckt.

Gegen Mittag. Die Nacht hat Spuren bei Nicolai hinterlassen. Er trägt noch die Klamotten vom Vortag. Eine Rasur ist überfällig. Er sitzt mit weit offenem, zerknautschtem Hemd an seinem Büroschreibtisch. Er schluckt Aspirin, trinkt Mineralwasser und starken Mokka.

Pjeter zieht einen Umschlag nach dem anderen aus dem Champagnerkübel, liest den Namen vor und gibt Nicolai die schmalen und dickeren Geldbündel zum Nachzählen. Es ist auch eine Rolex dabei und ein Adler am Kettchen aus Massivgold. Nicolai schätzt den Preis und notiert jeden einzelnen Betrag in einem kleinen schwarzen Heft.

Es sind prozentuale Abgaben aus Kiezgastronomie und Diskotheken. Verpflichtungen aus vor Jahren getroffenen Absprachen. Aber auch aus Dankbarkeit. Nicolai hilft vielen. Er hilft, wo er kann. Ein städtischer Beamter braucht Winterreifen für seinen PKW, ein Klempner einen städtischen Auftrag. Nicolai lässt das erledigen.

Das zahlt sich aus.

Nicolai rechnet zusammen. Der Abend hat knapp zwanzigtausend gebracht. Er übergibt an Pjeter.

Er greift zum Haustelefon und bestellt in der Küche Ei, Cabanossi, Pommes und Tee zum Frühstück, eine große Kanne.

Pjeter will gehen.

Nicolai hält ihn zurück.

»Diese junge Studentin«, sagt er. »Du weißt schon. Finde heraus, ob es Eltern oder Geschwister gibt. Ich will was für sie tun.«

Pjeter hebt nachfragend die Augenbrauen, schüttelt verständnislos den Kopf. Aber er sagt nichts.

Als er das Zimmer verlassen hat, nestelt Nicolai die Visitenkarte des jungen Mannes aus der Tasche, dreht und wendet sie nachdenklich, bevor er zum Hörer greift.

DAS GELD

1   Reinbek liegt östlich von Hamburg, ein Rent-
nerparadies und Sitz eines bedeutenden deutschen
Buchverlags. Schloss Reinbek und das Museum Rade
sind mit ihren kulturellen Veranstaltungen weit über
die Grenze des siebenundzwanzigtausend Einwohner
Städtchens bekannt. Es ist ein ruhiges Pflaster. Auch
aus polizeilicher Sicht. Lediglich die Zahl der Woh-
nungseinbrüche ist geringfügig gestiegen. »Fahren-
des Volk« wird verdächtigt.

Die Filiale der Sparda Bank in Reinbek ist ein rot ge-
klinkerter Siebzigerjahrebau. Geführt wird sie von
Rainer Pohlmann, einem hochgewachsenen Mann
mit Brille, leicht ergrautem Blondschopf und auffallend buschigen Augenbrauen. Er bewohnt mit seiner
Frau Erika und der noch bei ihnen lebenden neun-
zehnjährigen Tochter Silke ein Einfamilienhaus am
Rand des Sachsenwalds.

2   Pjeter ist mit Nicolai nach Hamburg gekom-
men, hat anfangs für Ivo auf St. Pauli gearbeitet. Als
Türsteher, als Rausschmeißer, als Geldeintreiber.
  Er ist ein mittelgroßer, untersetzter Mann mit kurz
geschorenen Haaren und einem kantigen Gesicht.
Seine Kraftsportmuskeln weiß er gut zu kaschieren.

Locker sitzende Pullis und Hosen, Kleidung, die bei handgreiflichen Auseinandersetzungen Raum lässt und nicht behindert.

Pjeter steht nicht sonderlich auf Schusswaffen. Er hat einen Baseballschläger im Wagen, trägt ein Messer und hat bei manchen Einsätzen die Garotte zur Hand.

Pjeter fährt bei der Sparda vor, steigt schwungvoll aus und geht direkt zur Kasse.

»Auf das Konto Hausverwaltung Radu«, sagt er und legt mehrere dicke Geldbündel auf den Tresen. »Müssten zwanzigtausend sein.«

Die junge Kassiererin nimmt das Geld entgegen und lässt die Scheine nach und nach durch die Zählmaschine laufen. Pjeter betrachtet sie. Eine hochgewachsene Blondine mit einem schmalen Gesicht und einer dominierenden Nase. Pferdeschwanzfrisur. Freundliches Lächeln. Sie trägt eine hellblaue Kostümjacke mit Namensschild über einem unbedruckten weißen T-Shirt. Anita Rüttgers.

»Korrekt«, sagt sie. »Zwanzigtausend.« Sie füllt den Beleg aus.

»Ist unser Kreditantrag schon bearbeitet?«, fragt Pjeter. Anita bittet ihn um einen Moment Geduld. Sie geht in einen der Büroräume. In das Chefbüro. Sie hat einen fantastischen Gang. Sehr erotisch. Pjeter erlaubt sich entsprechende Fantasien.

Als sie zurückkommt, wischt sie sich über die Lippen und zupft an ihrer Jacke. Leicht verstört. Oder verlegen.

»Herr Pohlmann kann Sie leider nicht selbst begrüßen«, sagt sie. »Aber ich kann Ihnen den Kredit direkt ausbezahlen. Fünfzigtausend. In großen Scheinen?«

»Bestens«, sagt Pjeter und überlegt, ob er ihr ein Kompliment machen soll. Lässt es aber. Man weiß nie, wozu das letztlich führt.

3   Ivo ist der anhaltend milden Frühsommertemperatur entsprechend gekleidet. Jeans und Polohemd, Slipper. Er fängt den heranradelnden Björn vor seinem Elternhaus ab.

Ein altes Kapitänshaus. Vorgarten. Schöner Blick auf die Elbe. Es sind tatsächlich zwei Leute im Wasser.

Ivo stellt sich als Davids Vater vor. Überraschenderweise ist der Junge hocherfreut.

»Ey, ich dachte schon, Sie gibt's gar nicht.«

Sie reichen sich die Hand.

»Wir können reingehen«, sagt Björn. »Die Alten sind auf Arbeit. Mann, das ist super.« Er scheint sich zu besinnen. »Ich mein, das mit Dave ist scheiße, echt scheiße. Dass ihn das so heftig erwischt hat. Tut mir wirklich leid, ehrlich.« Er schließt auf und geht vor in einen niedrigen Raum mit offener Küche, Esstisch und Sitzgarnitur. Auf mehreren kleineren Beistelltischen stapeln sich Zeitschriften, Bücher und CDs.

»'n Bier?« Er wartet nicht ab, wie Ivo reagiert. Er ist ein schlaksiger Typ, dunkelbraunes Haar, ein schmales Gesicht mit breiten Lippen. Bewegt sich schnell und geschmeidig.

Sie knacken die Dosen. Das Bier schäumt. Sie trinken.

Ivos Blick bleibt auf der Kühlschranktür, auf dem Polaroidfoto hängen. Es zeigt Björn und David, die Arme um die Schultern gelegt, in die Kamera lachend. Zwei hübsche Jungs, scheinbar unbekümmert, lebensfroh.

Björn versteht. Er nimmt das Foto ab und gibt es Ivo.

»Das war erst vor ein paar Wochen«, sagt er. »David meinte, dass Sie ... also, dass du wieder mal unterwegs bist, bei den Ölscheichen wegen Business!«

»Ich war im Knast.«

»Ähh ...?«

»Fünfeinhalb Jahre. Ich kenn David nur als ... da war er zehn.« Er wischt sich mit dem Handrücken über den Schnauz. »Darf ich das behalten?«

»Klar«, sagt Björn. »Mann, ist das krass.«

»Wie eng wart ihr? Ich meine, als Freunde. Ich möchte alles – alles von David wissen, verstehst du? Was ihr unternommen habt, wo ihr überall wart, alles, was du weißt.«

Björn stöhnt, macht eine hilflose Geste.

»Okay«, sagt er. »Okay – ich denk, es geht um das Speed. Das hat Dave besorgt, okay? Er hatte da seine Quellen.«

»Was für Quellen?«

»Bei ... bei irgendwelchen Typen auf dem Kiez, ich kenn mich da nicht aus. Er hat nie groß drüber geredet. Nur wenn ihn irgendjemand linken wollte. Er kannte die Preise, war clever, hatte auch immer 'ne Menge Kohle. Mann, er war wirklich 'n super Kollege.«

»Kohle? Kohle woher?«

Björn verdreht die Augen, trinkt einen Schluck.

»Ja, woher? Woher? Ich glaub, er hat selbst 'n bisschen gedealt, anders wüsst ich nicht ...«

4   Ivo erkennt sie schon von Weitem, ihr weißblondes Haar, ihren energischen Schritt. Sie steht unter Dampf, jede ihrer Gesten sagt ihm das. Er tritt in den Hauseingang zurück und atmet durch.

»Was, bitte schön, soll das?«, giftet sie ihn an. »Was willst du in Davids Zimmer?«

»Ich suche was.«

»Was?«

»Einen Hinweis.«

»Geht's auch ein bisschen konkreter?«

»Müssen wir das auf der Straße klären?«

»Ich hab einen festen Job«, sagt sie. »Den hab ich mir schwer genug erkämpft. Ich kann nicht einfach mal sagen, Tschüss dann, ich hab einen Ex, der will was von mir.« Sie nestelt ihren Schlüsselbund hervor und schließt die Haustür auf.

Ivo folgt ihr. Sie trägt halbhohe Stiefeletten, blutrote Strümpfe und einen knielangen, eng geschnittenen Rock.

Vor ihrer Wohnungstür dreht sie sich so heftig nach ihm um, dass er zurückprallt und um ein Haar das Gleichgewicht verliert.

Sie wirft ihm einen spöttischen Blick zu.

Öffnet die Tür. Tritt ein.

»Danke«, sagt Ivo.

»Wofür?«

»Ich will mir sein Zimmer allein ansehen.«

Sie macht ein Gesicht, als hätte sie in eine Zitrone gebissen, kramt in ihrer Handtasche und zündet sich eine Zigarette an.

Davids Zimmer ist noch genau so, wie Ivo es von seinem letzten Besuch vor Jahren in Erinnerung hat. Das Bett neben dem Fenster, schon damals im Hinblick auf das Wachstum des Jungen gekauft. Der schmale Schreibtisch, das Holzregal mit Schulbüchern und einigen Comics, ein zweitüriger Kleiderschrank. In einer Ecke ein Skateboard, eine Sporttasche. An den Wänden mehrere Plakate. »Manhattan«. »American Gigolo«. »Kurz und schmerzlos«. Ivo kennt keinen der Filme.

Er bleibt in der Mitte des Zimmers stehen, konzentriert sich, denkt an Verstecke, die er benutzen würde. Denkt an den Knast, an seine Zelle.

Er geht systematisch vor, lässt sich Zeit.

Er tastet Davids Klamotten ab, durchwühlt die Tasche, zieht Schubladen auf, kriecht auf dem Boden herum und klopft nach möglichen Hohlräumen. Das dauert, das dauert, das braucht seine Zeit.

Dann endlich wird er fündig.

Hinter einer Fußleiste zieht er drei mit Tesa zusammengehaltene rot-weiße Kapseln hervor. Gleich daneben stecken achtzehn Zweihunderteuroscheine. Er hält beides in der Hand, seine Kaumuskeln zucken.

Einen langen Moment ist er bewegungslos.

Dann geht er zu Kristina in die Küche.

Er legt ihr das Geld hin.

»Steck's ein«, sagt er. »Davids Drogenkohle. Kannst du stolz drauf sein.«

5   Pjeter fährt von Reinbek aus zurück in Richtung City, orientiert sich am Navi. Er hat noch einiges auf dem Zettel. In Barmbek ist er noch nie gewesen, kennt sich da null aus. Er weiß nur, dass in Barmbek die scheiß Afrikaner bei Drogen das Sagen haben.

Pjeter mag keine Schwarzen. Er hat einige Male direkt mit ihnen zu tun gehabt. Er hält sie für verschlagen, niederträchtig und brutal.

Pjeter kurvt durch ein mit Baustellen und Umleitungen vollgepflastertes Viertel. Überquellende Mülltonnen stehen am Straßenrand, Müll häuft sich auch auf den Bürgersteigen, ein rostiger Kühlschrank, Spanplattenverschnitt, ein weißer Bauschuttsack.

Die Adresse, die er schließlich als Ziel erreicht, ist ein hässliches gelbes Backsteinhaus, zwei Stockwerke mit ausgebautem Dachgeschoss. Pjeter klingelt bei C. Jahnke/M. Hansen.

Der Summer ertönt, Pjeter drückt die Tür auf und steigt die Treppe hoch.

Christiane blickt ihm fragend entgegen. Eine junge, hübsche Blondine, strahlend blaue Augen, ungefähr so alt wie die im Dancing Club umgekommene Studentin Stefanie. Das hat Pjeter schnell herausgefunden, kein Problem.

»Die Stiftung«, sagt er. »Wir haben telefoniert.«

»Ach ja, richtig. Über Stefanie. Sie brauchen noch einige Angaben.« Sie bittet ihn herein. In ein einfach eingerichtetes Zimmer mit Couch, Bücherregal,

Schreibtisch und Fernsehecke. Bücher, viele Fachbücher, Mathematik und Mechanik.

Studienbücher.

»Ich komm noch immer nicht damit klar«, sagt Christiane. »Es ist so furchtbar. Steffi ... Stefanie war so happy, den Job zu haben. Sie hat total gern da gearbeitet. Und ... und als sie dann auch noch George kennengelernt hat ...«

»George? Wer ist George?«

»Der hat gelegentlich mit ihr Schicht gehabt. Und ...« Sie stockt, streicht fahrig ihr Haar zurück.

»Ja, und. Und was?«

»Na ja, sie hat dann auch bei ihm übernachtet. Er ... er ist ein ... er ist aus Ghana.«

Aus Ghana.

Ein Schwarzafrikaner.

Pjeter verzieht keine Miene. Es berührt ihn einen Scheiß. Er registriert es lediglich und entschließt sich, dem dämlichen Spiel jetzt doch ein Ende zu machen.

»Dann ist ihr Vater der Einzige, den unsere Stiftung unterstützen kann.«

»Ja. – Aber ... aber ich habe darüber nachgedacht. Sehen Sie, Herr ...«

»Ja?«

»Ja, ich ... sehen Sie, Stefanies Vater ist ... er ist doch im Heim, schon länger. Er ist dement, und ich ... ich meine, ich muss jetzt die Miete hier allein tragen, und ihre ganzen Sachen ...«

»He«, unterbricht Pjeter und hebt drohend die Hand. »He! Halt die Klappe! Das will ich nicht hören! Das ist Scheiße, das ist ein total scheiß Gedanke!«

6   Ivo parkt den Wagen in der Seitenstraße, schräg gegenüber der Eckkneipe. Er parkt Nicolais 3er BMW, dunkelrot, halb auf dem Bürgersteig. Er geht ums Eck und steht vor dem Blue Sky.

Sein Laden, die Fassade unverändert.

Der Türsteher ist einer aus der alten Truppe, Victor, ein munterer Bantamgewichtler. Er begrüßt Ivo mit freudiger Umarmung, fragt, wie es denn sei, wieder voll dabei, Chef, dumm, dass ich nicht auf deiner Party sein konnte, war im Einsatz.

Er tippt zwei Finger an die Schläfe. Ivo klopft ihm auf die Schulter.

Ivo steigt die abgetretenen Steinstufen hinunter ins Basement.

Dröhnender Disco-Rap. Auf der Tanzfläche fast ausschließlich Frauen, schlicht gekleidet, geflickte Jeans und Sweatshirts, stinknormale Laufschuhe. Die Typen hängen in kleinen Gruppen an der Bar herum.

Ivo beachtet sie nicht weiter, geht an den Toiletten vorbei zu dem am Ende des schmalen Ganges liegenden Büro, die Wand mit Veranstaltungsplakaten beklebt.

Dragon springt von seinem Stuhl auf, äußerst beflissen, bietet einen Drink an. Ivo legt die drei rotweißen Kapseln auf den Tisch.

»Verticken wir das?«

Dragon genügt ein Blick. Er schnaubt abfällig.

»Barmbek«, sagt er. »Das bringen die schwarzen Brüder auf den Markt. Ist 'n scheiß Zeug.«

»Und was ist bei dir im Angebot?«

»Keine harten Drogen«, sagt Dragon. »Anweisung von Nicolai. Will er nicht.«

»Und du hältst dich dran?«

»Er ist der Boss, ist Oberhaupt von Familie. Er hat das Sagen.«

Ivo nickt. Er mag Dragon nicht. Hat ihn schon als kleinen Furz nicht gemocht. Jetzt ist er ein Schleimer.

»Und sonst?«, fragt er. »Wie läuft der Laden?«

Dragon zuckt gleichmütig die Achseln.

»Steigst du wieder ein?«

Ivo ist wieder an Nicolais Wagen, den Schlüssel in der Hand. Spürt plötzlich jemanden hinter sich, dicht hinter sich.

Ein Flashback, ein übler Flashback.

Die Toilette auf der Autobahn. Auf der Strecke Amsterdam zurück nach Hamburg. Einige schöne Stunden hinter sich. Die Nacht bei einer Kreolin aus seinem Hamburger Stall. Geschenke für David. Zu seinem zehnten Geburtstag. Hat er verpennt, ist aber noch nicht zu spät.

Eine kalte Klinge am Hals. Eine flüsternde, heisere Stimme: raus mit der Kohle.

So ein Wichser. So ein elender Wichser. Was denkt sich der Penner?

Er geht in die Knie, blitzschnell. Wirbelt herum, entwindet dem Typen das Messer und sticht zu, wild vor Wut, einmal, zweimal und und und ... und haut ab. Kommt nicht weit. Die Bullen fangen ihn ab: Ivo Jasari, Hamburg, Rumäne, vermutlich Clanzugehörigkeit. Fünfzig Rolex-Imitate im Reserverad, angeblich Notwehr auf der Autobahntoilette. Verhaftung, Verhandlung, guter Anwalt aus Valeas Kanzlei, ein blitzgescheiter Hund, letztlich aber nur ein paar Monate ausgehandelt, Knast ... scheiß Knast, fünfeinhalb Jahre, Ende, aus.

Ivo macht einen Schritt zur Seite, schnellt herum.

Ein Halbwüchsiger, die Kippe klebt an der Lippe.

»Ey, Chef, haste ma' Feuer?«

7   »Er ist nicht gut drauf«, sagt Pjeter. »Spricht nicht über Knast, spricht nicht über euren Jungen.«

Kristina klopft eine Zigarette aus der Packung. Sie sitzt neben Pjeter auf der Couch, legt die Beine über seinen Schoß. Pjeter streichelt sie.

Sie raucht und blickt zur Decke.

»Er ist 'n Arschloch. Ein selbstsüchtiges, selbstgerechtes Arschloch.«

Pjeter gibt sich den Anschein, darüber nachzudenken. Ernsthaft. Mit Falten in der Stirn.

»Das mit euch«, sagt Pjeter. »Das passte nun mal nicht.«

Seine Hand streicht an ihrem Schenkel hoch, schiebt sich hart und haarig unter ihren Slip.

»Bleibst du?«, fragt Kristina.

»Sollte ich wohl.« Er nimmt ihr die Zigarette aus der Hand.

DAS ANGEBOT

1   Das Hotel an der Alster. Nobelherberge für Könige und Künstler, Politiker und Prominente, Wirtschaftsbosse und Escortdamen. Diskret in jeder Hinsicht.

Nachts von außen beleuchtet. Eine Perle der Hansestadt.

Das Eckzimmer im Parterre. Der blaue Salon, der kleine Salon. Speziellen Gästen vorbehalten.

Nicolai sitzt mit drei Kumpeln beim Poker.

Es sind Matthias Unger, Rechtsanwalt und äußerst rührig im SPD-Ortsverein Reinbek, unifarbenes Hemd, kariertes Jackett, ein bieder wirkender Mann mit Halbglatze, dem schnell der Schweiß ausbricht.

Links neben ihm Jo Gabler, Chefredakteur des Boulevardblatts *Express,* ein schmaler, gut gekleideter Mann mit getönter Brille, Zigarilloraucher.

Und Martin Hirst, der Jüngste der Runde, Sohn eines Deutschen und einer Chilenin, Zweisternekoch des Hotels und Initiator der Pokerabende. Er arbeitet auf ein eigenes Restaurant hin. Deutsche Küche auf hohem Niveau.

Zusammengefunden haben sie als Dauerkartenbesitzer des HSV, Tribüne und gelegentlich VIP-Longe. Einmal im Monat zocken sie um limitierte Beträge, quatschen zwischendurch über dütt und datt, über den Zustand des Vereins, des Trainers und der Spie-

ler. Über Lokalpolitik und die Weltlage. Die Bedro-
hungen und Katastrophen, im Großen wie im Kleinen.

Thema ist die dritte Amtszeit des hanseatisch stei-
fen Bürgermeisters. Christdemokrat und schwul. Er
koaliert mit den Grünen. Ein bundesrepublikanischer
Sündenfall. Schlimmer nur noch das Gerücht, dass er
sich nachts in Frauenkleidern auf der großen Elbstraße herumtreibt.

Für Gabler verbietet es sich, das in seinem Blatt zu
veröffentlichen. Sagt er. Aber es ist archiviert. Es kann
Zeiten geben ... Er macht eine bedeutungsvolle Geste.

Nicolai wirft ein, er kenne etliche Senatoren und
auch Senatorinnen mit sehr, sehr abseitigen Neigun-
gen. Offenbar eine Politikerkrankheit. Er will aber
keine Namen nennen.

Unger ist auffallend still. Kommt nur auf beharrli-
ches Nachfragen damit heraus, dass seine Frau Sylvia
schon vor Ostern nach Berlin gereist ist und ihre
Rückkehr von Woche zu Woche hinauszögert.

Sylvia, das Ex-Model, Betreiberin eines Beauty-
salons, den ihre Mitarbeiterin seitdem allein führt.
Gern gesehener Gast auf jeder Eventparty. Langbei-
nig, hinreißend verführerisch.

Hirst wiegt bedenklich den Kopf.

Nicolai entschuldigt sich kurz. Muss pissen. Auf
dem Gang bleibt er stehen, atmet tief durch.

Als er zurückkommt, beklagt sich Unger. Er wird als
»Genosse« von Bürgerinitiativen angeprangert. Er hat
in seiner Fraktion für den Antrag eines italienischen
Konsortiums auf Bohrungen nach reinem Grundwasser
für die Limonadenproduktion gestimmt. Für Industrie-
ansiedlung. Gegen den Erhalt der Natur.

Nicolai mischt neu und teilt kommentarlos aus.

Der Einsatz.

Zigarette und Zigarillo werden aus der Hand gelegt. Ein Schluck noch.

Die Scheine häufeln sich.

Gabler eröffnet.

Unger muss frühzeitig aufbrechen. Nachtblind und zu viele Promille im Blut. Kein Problem. Er fährt gern mit der S-Bahn Bergedorf/Reinbek nach Hause.

Bevor er am Hauptbahnhof einsteigt, checkt er noch einmal die eingegangenen Nachrichten auf seinem Handy.

Von Sylvia nichts Neues.

Allmählich empfindet er es als ärgerlich. Er erinnert sich an ihren Aufbruch. Da war sie hektisch, gereizt. Nicht ansprechbar.

Es ist ihm wie eine Flucht vorgekommen.

Er seufzt.

In dem S-Bahn-Waggon sind nur knapp ein Dutzend Fahrgäste. Zwei dickleibige Frauen in Trainingsanzug und Kittelkleid. Ältere Männer in Arbeitskleidung, eine Gruppe junger Mädchen, ein Halbwüchsiger in knallenger Lederhose und blanker Brust unter der Motorradjacke.

Ein Stricher, ein Kleinkrimineller? Polizeilich registriert? Bewährungsauflagen?

Unger schaut weg, schaut aus dem Fenster.

Billwerder-Moorfleet.

Lichtmasten. Hochspannungsdrähte. Industrieanlagen.

In Reinbek ist Endstation. Unger macht sich auf den Weg, knapp zehn Minuten sind es bis zu seinem Haus. Unterwegs begegnet er einer jungen Frau. Er erkennt sie erst im letzten Moment.

Anita. Die Sparda-Frau.

Er grüßt.

Sie nickt nur und eilt an ihm vorbei.

Unger wundert sich, dass sie noch so spät in Reinbek ist. Er meint, gehört zu haben, dass sie in Hamburg wohnt.

Es ist weit nach Mitternacht, als Jo Gabler seinen Wagen in die Garage fährt und durch den Seiteneingang sein Haus am Süllberg betritt.

Er macht Licht in der Küche, nimmt sich ein Bier aus dem Kühlschrank, schneidet ein halbes Baguette auf, bestreicht es mit Senf und Majo und belegt es mit Käsescheibletten und kaltem Braten. Wieder einmal möchte er seiner Haushälterin auf Knien danken.

Er verzehrt gerade den ersten Bissen, als Gigi zu ihm kommt, graue Sportshorts und Muskelshirt. Er ist ganzkörpergebräunt, barfuß und raucht eine seiner französischen Filterlosen. Er küsst Jo, streicht leicht über sein schon ergrauendes Haar.

»Wie war euer Abend?«

»Nicolai hatte einen guten Lauf.«

»Hat er den nicht immer?«

»Bei uns trickst er nicht.«

»Glaub nur weiter dran, Schatz. Ich mag ihn nicht. Er ist ein schlimmer Finger, das sagen alle.«

»Alle – alle in deiner Szene, ja, wahrscheinlich. Er ist nun mal sehr konservativ.«

Gigi lacht ein leises Lachen.

»Nette Bezeichnung für einen Schwulenhasser. Aber so sind sie, diese Rumänen.«

»Sagt mein stolzer kleiner Italiener«, sagt Gabler, lächelt nachsichtig. »Da ist es doch umso erstaunlicher, dass ich mit ihm so gut zurechtkomme.«

»Wenn du dich öffentlich mit mir zeigen würdest, wär das anders. Das garantier ich dir – mein lieber großer Schisser.«

Gabler legt das Baguette aus der Hand, macht ein ernstes Gesicht. Aber Gigi wehrt schon ab.

Gegen drei Uhr morgens, Nicolai zieht sich wieder an. Valea liegt bäuchlings in ihrem breiten Bett, beobachtet ihn aus halb geöffneten Augen. Nicolai bemerkt es.

»Schlaf, Schwesterherz«, sagt er. »Für mich ist es Zeit.«

»Pass auf dich auf.«

»Immer«, sagt Nicolai. Er beugt sich zu ihr und küsst sie sanft auf Mund und Schläfe. Mit einem letzten liebevollen Blick zurück verlässt er ihren Loft und fährt mit dem Fahrstuhl in die Tiefgarage des Hafencity-Hochhauses.

2   Tage später. Hanna hakt sich bei ihrem Mann ein. Es sind nur wenige Schritte bis zum Haus. Pjeter setzt den Wagen zurück, parkt ihn in der Einfahrt.

Hanna und Nicolai betreten den Etagenaufzug, fahren hoch in den ersten Stock, gehen in Hannas Zimmer.

Nicolai ist glücklich, überglücklich.

Die Therapie ist gut verlaufen. Es haben sich keine neuen Metastasen gebildet. Hanna muss nur noch halbjährlich zur regelmäßigen Kontrolle. Sie kann aufatmen.

Sie legt ihren dünnen Mantel ab und setzt sich auf den Balkon.

Hält das Gesicht in die Sonne, schließt die Augen.

Nicolai ordert in der Küche eine leichte Mahlzeit. Reis, Gemüse, ein Ragout. Er ordert auch eine Flasche Grauburgunder. Im Prinzip trinkt er tagsüber keinen Alkohol, aber an diesem Tag will er mit Hanna anstoßen auf ein neues Leben. Auf ihr neues Leben.

Große Worte. Pathetische Worte. Nicolai bringt sie mühelos über die Lippen. Er setzt sich zu ihr.

Er greift nach ihrer Hand, drückt sie.

Hanna wendet sich ihm zu.

»Ich glaube, wir haben noch ein paar schöne Jahre vor uns.«

»Mehr«, sagt Nicolai. »Sehr viel mehr.«

Hanna lächelt. Sie streichelt seine Wange, streicht ihm liebevoll das Haar aus der Stirn.

»Ich würde gern mal in nächster Zeit zu Pa raus. Ich kenn seine neue Lebensgefährtin noch gar nicht.«

»Erwarte nicht zu viel.«

»Wie meinst du das?«

»Ehrlich?«

»Was sonst?«

Nicolai blickt an ihr vorbei in das Grün des Gartens.

»Ich fürchte, sie spielt mit ihm. Sie will an seine Kohle.« In Gedanken geht er ihr an die Gurgel. »Er macht sich zum Trottel, ich könnte kotzen.«

»So schlimm?«

»Ich wollt, es wär nicht so.« Nicolai überlegt einen Moment lang. »Wie ist es mit Sonntag zum Kaffee? Ich fahr mit dir raus. Rufst du ihn an?«

3   Kfz-Werkstatt in den Karpaten. Der Cousin verstaut seinen Schwanz in der Armeehose. Er nimmt behutsam seine neue Ray-Ban-Brille von der Kühlerhaube des Geländewagens, säubert die Gläser und setzt sie auf.

Der Cousin hat in den letzten Jahren deutlich an Gewicht verloren, sich den Kinnbart abrasiert und dem grauweißen Haarschopf einen Fassonschnitt verpassen lassen. Er raucht nicht mehr, er trinkt nur noch Wein, und er kann besser ficken als je zuvor. Er ist viel unterwegs.

Nahezu andächtig betrachtet er die junge Frau, die Rock und Bluse wieder ordnet.

Mirela, die Wunderschöne.

Eine Frau mit Augen, die schon viel gesehen haben. Der Cousin ist sich sicher, dass sie sich über Jahre hinweg prostituiert hat. Bei ihm hat sie als Ruhesuchende vorgesprochen, verschwitzt nach einer vermutlich längeren Reise, in einem dünnen Fetzen, animalische Erotik ausstrahlend.

Er hat ihr nicht widerstehen können.

Gibt ihr Arbeit. Im Haus. Im Büro. Nimmt sie mit auf seinen Fahrten in die Hauptstadt und ans Meer.

Sie lernt schnell. Ist schnell.

Sie hat ein untrügliches Gespür für wichtige Personen, weiß aber genau, wie weit sie gehen kann. Ihre

Muschi ist ihm vorbehalten. Dem Paten mit dem erstaunlich kräftigen Schwanz.

»Mirela, Mirela, mir schmerzt das Herz, aber ich muss dich ziehen lassen, das bin ich Nicolai schuldig. Er wird dir ein guter Boss sein, er sorgt sich sehr um seine Frau.«

»Hoffentlich enttäusch ich sie nicht.«

»Das wirst du nicht. Du hast so viel Liebe in dir. Denk gelegentlich an mich.«

Sie umarmt ihn und schmiegt sich eng an ihn. Er stöhnt.

»Ich verlier noch den Verstand«, bringt er schwer atmend hervor.

4   Ivo und Pjeter warten in Nicolais Büro. Ivo starrt ausdruckslos vor sich hin. Er schweigt. Pjeter lässt die Fingerknöchel knacken. Er betrachtet zum wer weiß wievielten Mal den Daniel Richter. Pittoreske Figuren. Grelle Farben. Der Sinn bleibt ihm verschlossen. Es soll den Titel »Große Freiheit« haben und hat Nicolai ein Schweinegeld gekostet. Das weiß er. Manchmal übertreibt es der Chef. Seine Scheißidee, irgendwelche Angehörigen der im Club umgekommenen Studentin zu unterstützen, hat er stoppen können: Es gibt niemanden mehr, fertig.

Nicolai zündet sich schon beim Hereinkommen eine Zigarette an, öffnet das Fenster und bleibt neben seinem Schreibtisch stehen.

»Okay«, sagt er. »Wir müssen was klären, Ivo, und ich möchte, dass Pjeter auch Bescheid weiß.« Er nimmt einen tiefen Zug, bläst den Rauch zum Fenster hin und fährt fort: »In letzter Zeit sieht es bei unseren Läden auf dem Kiez scheiße aus. Der Umsatz geht kontinuierlich zurück. Diverse Gründe gibt's sicher, aber darüber zu grübeln, bringt nichts. Wir müssen was tun. In neue Märkte investieren, den ganzen Milieukram hinter uns lassen. Keine Sorge, Ivo, deine Anteile sind dir sicher, sind gut angelegt. Du hast darauf jederzeit Zugriff, okay? Die Frage ist, ob du trotzdem wieder einsteigen willst, oder ...«, er nickt zu Pjeter hin, »oder bei meinen Geschäften aktiv wirst.«

»Hausverwaltung ...?«

»Blödsinn! – Bruder, glaubst du ernsthaft, dass ich dir das zumute? Nein, mir schwebt Größeres vor, dieses Riesending zum Beispiel, diese ... na, was noch?«

»Philharmonie«, sagt Pjeter. »Elbphilharmonie.«

»Da investieren. Hotel, Restaurant. Unser Bürgermeister fährt voll drauf ab. Und wir finden genügend Parteifreunde, die für uns in den Ring steigen, das garantier ich, da sind sie wie die Sozis.« Nicolai lacht. Er raucht. Sieht Ivo an. »Das ist ein Feeling wie damals, Ivo, als wir noch so richtig heiß waren. Die ersten Häuser auf der Meile, was hab ich dir immer gesagt ...?«

Ivo unterbricht schon.

»Du musst mich nicht überzeugen. Ich brauch die alten Läden auch nicht mehr.« Er schnippt eine Kippe aus der Packung.

Pjeter fixiert ihn von der Seite. Interessant, Ivo raucht keine Selbstgedrehten mehr.

Nicolai ist zufrieden.

Er drückt seine Zigarette aus, umarmt Ivo, umarmt auch Pjeter.

»Dann nur noch eins«, sagt er. »Wir müssen mal wieder in der Heimat nach dem Rechten sehen. Nach dem Stand unserer Projekte.«

5   Der Flieger nach Bukarest hebt 9.58 Uhr vom Hamburger Flughafen ab. Einer der einhundertachtunddreißig Passagiere in dem voll ausgebuchten Airbus ist der vor zwanzig Jahren nach Deutschland gekommene Ivo Jasari, langjähriger Partner und »Bruder« des Immobilienkönigs Nicolai Radu. Seitdem ist er nicht mehr in seinem Geburtsland gewesen.

Während seiner Haft ist er über den Tod seiner Schwester informiert worden. Die Lunge, eine schwere Lungenentzündung.

In der Ankunftshalle des Flufhafens erwartet ihn der Cousin.

Ivo erkennt ihn nicht gleich wieder.

Sie fahren durch die Stadt, Zentrum der Macht und der Korruption. Sie fahren zum Palace Hilton. Es ist tatsächlich ein Palast. Sie speisen ausgiebig, der Cousin drängt Ivo einen der vorzüglichen Weine des Landes auf, bedient sich selbst nur mäßig. Ihr Umgang miteinander wird lockerer.

Der Cousin hat Zimmer für sie reserviert.

Nach einer Ruhepause steht ein Clubbesuch auf dem Programm.

Es gibt eine Show. Es gibt eine international bekannte Sängerin mit extrem langen Beinen und Tigermähne.

Hinter der Bar gibt es mehrere Separees. Mit dunkelblauem Samt tapeziert.

Der Cousin vergnügt sich mit einer platinblonden Russin.

Ivo braucht noch einen Drink, bevor er sich auf ein deutschstämmiges Model einlässt.

Er lebt seine Knastfantasien aus.

6   Sie fahren in einem Mercedes Coupe von Bukarest ans Schwarze Meer. Ivo und der Cousin sitzen im Fond, offenes Hemd, Sonnenbrille, am Steuer ein Mann mittleren Alters mit wettergegerbtem Gesicht, ein Kettenraucher. Sämtliche Seitenfenster des Wagens sind heruntergelassen, der Fahrtwind lässt die Haare der Männer flattern, Zigarettenasche verfängt sich.

Der Cousin redet und redet. Er redet über seine Kontakte in der Hauptstadt. Von Regierungsbeamten und Bankern, zum Auswärtigen Amt. Er spricht von gut investierten Geldern und von Projekten. Es prophezeit sich und seinem Clan eine fantastische Zukunft.

In einem Badeort am Meer parken sie, der Cousin breitet auf dem Tisch des Strandcafés einen Bauplan aus: »Ferienanlage Eforie Beach«.

Keine Hotelbettenburgen. Eine kreisförmig konzipierte Siedlung. Zwei Dutzend kastenförmige Häuser mit Terrasse, schlicht, aber praktikabel eingerichtet, Rasen, schattenspendende Bäume und Sträucher je Parzelle, zur Vermietung, zum Verkauf.

Mit den Geldern der Familie finanziert. Mit faulen Krediten.

Vom Hamburger Clan. Eingefädelt von Nicolai.

Von Nicolai, dem Glücklichen.

Ivo sieht das Geld gut investiert.

Der Tourismus ist die in vielfacher Hinsicht gewinnbringende Zukunft des Landes. Der Cousin stellt bei Bier und frittierten Sardinen eine vorläufige Rechnung auf.

Ivo hört nur mit halbem Ohr zu. Er hat schon begriffen. Es ist alles bestens. Er will in die Berge, will sein Heimatdorf sehen. Ob und wie es sich verändert hat.

7   Matthias Unger schaltet die Kaffeemaschine ein. Er schneidet die Brötchen auf, kontrolliert, ob er an alles für ein ausgiebiges Frühstück gedacht hat.

Er tritt auf den Gang zum ehelichen Schlafzimmer. Er klopft behutsam an die Tür. Er weiß, dass die Tür verschlossen ist.

Sylvia reagiert nicht.

Sie ist zurück, aber nicht zu ihm. Nicht emotional.

Sie ist anwesend, ist auch freundlich. Freundlich reserviert.

Er erreicht sie nicht. Sie will nichts hören von seinen Problemen.

Von den zermürbenden Diskussionen im Ortsverein. Den Anfeindungen der Ökos. Als ob er allein die Verantwortung hätte.

Unger ist verzweifelt. Er weiß nicht weiter. Weiß gar nichts mehr.

Er könnte auf der Stelle heulen.

Es gelingt ihm nicht.

Er kann es nicht.

Er geht zurück in die Küche, schenkt sich Kaffee ein und stellt sich ans Fenster.

Draußen trottet ein Nachbar vorbei, er mag den Mann, ein Witwer, der in sich zu ruhen scheint. Er beneidet ihn.

Unger zündet sich die wer weiß wievielte Zigarette des frühen Tages an, raucht und lauscht und hofft auf ein Zeichen von Sylvia.

8   Arztpraxis Winterhuder Markt. Früher Mittwochnachmittag.

Die letzten Patienten sind versorgt. Die Praxis schließt. Feierabend.

Feierabend für Kristina.

Sie kauft in der Bäckerei einen Kaffee to go. Sie steigt in den Fünfundzwanziger und findet einen Platz im hinteren Bereich des Busses.

An der Haltestelle Goebenstraße steigen nur wenige Fahrgäste aus. Bei einer älteren Frau mit Rollator dauert es etwas länger.

Kristina schaut ihr nach.

Zu ihrer Überraschung sieht sie, wie Pjeter und ein ihr unbekannter Mann auf ein Flachdachgebäude zugehen. Das Gebäude ist mit einem rot-weißen Band abgesperrt.

Kristina kann die rauchgeschwärzte Schrift über dem Eingang lesen: Dancing Club.

Pjeter und sein Begleiter schlüpfen unter dem Band durch. Pjeter rüttelt an der Tür, tritt dagegen. Obwohl Kristina nichts hört, zuckt sie zusammen. Sie weiß, wie kräftig Pjeter ist. Beim Sex geht er manchmal über die Grenze.

Der Bus fährt wieder an. Fährt weiter.

Der Park am Weiher. Wo David gefunden wurde. Tot auf dem Weg liegend. Vollgepumpt mit Amphetaminen. In nur geringer Entfernung vom Dancing Club.

Das ist neu für Kristina. Das hat ihr niemand gesagt.

Sie runzelt die Stirn. Warum nicht? Weil es keinem wichtig erschien? Oder weil das eine nichts mit dem anderen zu tun hat?

Wirklich nicht?

Pjeter aber verschafft sich Zugang zu dem Gebäude.

Was hat das zu bedeuten?

9   Pjeter macht eine auffordernde Geste. Dragon sieht sich noch einmal um.

»Kann man was draus machen«, sagt er. »Gibt's Parkplätze hinterm Haus?«

»Vorläufig gibt's gar nichts«, sagt Pjeter.

»Wieso? Ich denke, Nicolai plant 'n neuen Club.«

»Oder auch nicht.«

»Hab ich aber gehört, hab ich gehört, ist Fakt! Der Schuppen ist mir, steht mir zu, ist Familie.«

»Hier wird erst mal nur aufgelistet, was an dem Bau zu tun ist. – Die Lampe!«

»Was ...?«

»Die Taschenlampe, da drin ist es duster.«

»Echt?«, sagt Dragon. »Hätte ich nicht mit gerechnet!«

Er lacht albern und schlägt Pjeter auf die Schulter.

10   Chefredakteur Jo Gabler kommt nach einem Diskussionsabend im Presseclub nach Hause. Aus dem Wohnzimmer klingt Musik. Dieser furchtbare italienische Kitsch, *o mio, o mio ... o sole mio.*

Ach, Gigi, warum musst du nur jedes Klischee bedienen?

Er zieht sein leichtes Jackett aus, sieht den Umschlag auf dem Sideboard. Ein amtliches Schreiben. Er öffnet es, er liest es. Gabler atmet tief durch und stolziert mit dem Schreiben in der Hand in den Wohnraum.

Helles Leder, Glas und Metall, ein unverputztes Stück Wand, ein Panoramafenster mit Blick auf die Elbe.

Gigi liegt hingelümmelt auf der Couch, die Beine aufgestellt und leicht gespreizt. Gabler empfindet es als obszön.

»Du warst am zehnten mit dem Smart unterwegs«, sagt er.

»War ich das?«

»Das ist mein Pokerabend.«

Gigi setzt sich mit Schwung auf.

»Genau! Wie konnte ich das vergessen.«

»Mir ist nicht zum Spaßen zumute.«

»Tu ich das, Schatzi?«

»Du hast einer Fahrradfahrerin die Vorfahrt genommen. Sie ist gestürzt. Zehnter April, 22.15 Uhr, Quickbornstraße.«

»Ach Gottchen, ja. Ich erinnere mich. Diese hässliche Schnepfe. Ich hab sie nur ein bisschen geschubst.«

»Geschubst ...?«

»Ein Trampel. Mehr war nicht.«

Gabler wedelt mit dem Schreiben.

»Das ist eine Anzeige, mein Lieber. Als Halter des Wagens werde ich vorgeladen, und ich werde nicht umhinkönnen, dich als Fahrer zu benennen.«

Gigi lehnt sich in die Couchkissen zurück.

»Nein, das kannst du natürlich nicht.«

»Ich hoffe, du begreifst das.«

»Ich bin nicht blöd. Es ist ja auch nichts weiter passiert.«

Gabler seufzt. Er setzt sich neben seinen Lover, legt den Arm um ihn.

»Unterschätz das nicht. Auf jeden Fall gehst du da nicht ohne juristischen Beistand hin. Ich spreche mit Unger. Der wird das übernehmen.« Er drückt Gigi. »Was hattest du eigentlich in der Ecke zu suchen?«

11   Ivo sitzt mit dem Cousin zusammen. Auf der Veranda seines schlichten Hauses in den Bergen. Sie blicken über die Gipfel der Tannen, das Rauschen eines nahen Wasserfalls ist zu hören. Insekten summen um sie herum, Falter flattern an die Funzel über ihnen. Der Cousin hat die Beine weit von sich gestreckt.

»Hat dir der Trip was gebracht?«, fragt er.

Ivo schüttelt den Kopf.

»Es hat sich nicht viel verändert. Ein paar alte Frauen haben mich erkannt. Im Ort steht eine Hochzeit an.«

»Ich weiß«, sagt der Cousin. »Der Bräutigam ist einer meiner besten Männer in der Region. Wir sind natürlich eingeladen. Aber heute – heute ich möchte mit dir reden. Ich möchte dir einen Vorschlag machen.«

Ivo hebt fragend die Augenbrauen.

»Komm zurück. Als mein Partner. Ich kann mich nicht mehr um alles kümmern. Du könntest für die Ferienanlage die Bauaufsicht übernehmen, die Verwaltung. Am Meer, Ivo, am Meer. Es wäre gut für uns alle, einen verlässlichen Mann vor Ort zu haben.« Er zwinkert Ivo zu. »Wir sind leider nicht die einzigen Gauner im Land. Überleg es dir. Nicolai wird nichts dagegen haben, und für mich wäre es eine Freude.«

12 Mirela kommt via Wien nach Mitternacht auf dem Hamburger Flughafen an. Die Geliebte des Cousins muss am Band lange auf ihr Gepäck warten. Sie geht fest davon aus, dass ihr Koffer geöffnet und der Inhalt kontrolliert wird. Darauf ist sie vorbereitet, das steckt sie weg. Aber als sie den Taxifahrer vorm Einsteigen nach einer preiswerten Unterkunft für die Nacht fragt und eine anzügliche Antwort zu hören bekommt, rastet sie aus.

Sie scheißt ihn an.

Sie schnappt sich ihr Gepäck und winkt das nächste Taxi heran. Der Fahrer ist ein Russe. Mirela kann sich bestens mit ihm verständigen.

Er fährt sie zu einer Pension in St. Georg.

Er erzählt von seinem Alltag in der Stadt.

Er hat neben seinem Job als Taxifahrer noch einen im Großmarkt.

Er belädt die Kombis und Lieferwagen der Kunden.

Den Großteil seines Lohns schickt er nach Hause.

Er ist verheiratet, hat mit seiner Frau drei Kinder.

Mirela gibt ihm ein großzügiges Trinkgeld. Sie ist finanziell gut ausgestattet. Verdientes und über Jahre Gespartes.

DIE NEUE

1   Für Nicolai Radu beginnt der Tag auf dem Laufband.

Er öffnet die Flügeltüren zum Garten. Es ist ein angenehm frischer Morgen. Die Vögel zwitschern. Nur schwach ist das Geräusch der vor dem Haus vorbeifahrenden Wagen zu hören.

Nicolai beginnt mit einer niedrigen Geschwindigkeit, läuft sich warm. Die Traumfetzen der Nacht verflüchtigen sich. Im Kopfhörer das *Morgenmagazin.*

Eine neue Statistik. Wieder mehr Gewaltverbrechen. Nachts auf Hamburgs Straßen – gefährlich wie nie. Baustellen. Straßenarbeiten. Sperrungen. Umleitungen. Unsere Hörer melden: Blitzer auf dem Ring, auf der Altonaer ...

Nicolai läuft. *Run, run ... keep on running ...*

Mit Schwung in den Tag.

Nicolai hat Hanna vor Augen. Die junge Hanna. Die lachende Hanna, die fröhliche Hanna.

Die sportliche Hanna am Ruder des Segelboots. Sein erstes langes Wochenende mit ihr. Der Törn nach Dänemark.

Wonderful Kopenhagen.

Eine Stadt wie perlender Schampus.

Das Fischrestaurant im Hinterhof. Zweisterneküche auf Kopfsteinpflaster. Austern und Jazz an einem Sommerabend.

Unbeschwerte Tage.

Nicolai switcht sich zurück in den heutigen Tag. Er steigert die Laufgeschwindigkeit. Nicolai beginnt zu schwitzen.

Stirn und Rücken, Brust und Bauch.

Aus dem Radio ein Kommentar zur Person des ehemaligen Innensenators. Der Rechtspopulist. Der Beglücker frustrierter Promifrauen. Er hat sich nach Brasilien abgesetzt, kündigt aus der Ferne ein Enthüllungsbuch an.

Nicolai muss an das Handyvideo denken. An den Schmerz, den die Bilder bei ihm auslösen. An die Trauer. An die Wut.

Er presst die Lippen aufeinander, vergisst für einen Moment, weiter durchzuatmen.

Der Schwarze sackt vor ihm zusammen.

Starrt ihn aus toten Augen an.

Er stolpert, fängt sich. Fasst wieder Schritt.

Nicolai wechselt an die Sprossenwand.

Dehn- und Streckübungen.

Er beglückwünscht sich, selbst nie groß in der Presse gewesen zu sein. Dank seiner Anwälte. Dank seiner Schwester.

Schwesterherz Valea. Seine engste, seine innigste Vertraute.

In ihrem Job die Frau der Härte und der Schärfe. Ihre Lieblingswaffe: das Persönlichkeitsrecht.

Aber was kann man ihm auch schon vorwerfen?

Dass er Geschäfte macht? Knallhart seinen Vorteil nutzt?

Ein Profi beim Pokern ist? Damit sein Geld verdient hat?

Dass er über die Jahre gut vernetzt ist?

Weg von der Luden-Ballonseide hin zum feinen hanseatischen Tuch. Zur maßgeschneiderten Weste. Keine Goldkettchen, kein Protz.

Er atmet aus. Erleichtert, erschöpft.

2   Es gibt keine Klingel, es gibt keinen Briefkasten, aber die Hausnummer auf der goldenen Tafel sagt Mirela, dass sie richtig ist. Eine gepflasterte Auffahrt, das Haus, teilweise von Efeu bewachsen, die Villa.

Ein Signal ertönt.

Mirela sieht über dem Eingang eine Kamera auf sich gerichtet. Sie beachtet sie nicht weiter. Die Haustür wird wie von unsichtbarer Hand geöffnet.

Nicolai begrüßt sie überaus herzlich, ein gut aussehender Mann, volles Haar. Er trägt sein Alltagsoutfit, Designerjeans, helles Hemd und Weste. Die unvermeidliche Weste. Nicolai besitzt über drei Duzend unterschiedliche Modelle.

Mirela nimmt ihm gegenüber Platz, stellt die Beine Knie an Knie.

Nicolai bittet sie um ihren Pass, kommt gleich zu Sache.

»Was die notwendigen Papiere anbelangt, das erledigen wir. Du wirst ordnungsgemäß geführt, bist sozial- und krankenversichert. Die mit dem Cousin vereinbarte Pauschale bekommst du wöchentlich bar auf die Hand.«

Er legt den Pass in die Schreibtischschublade. Als er sie mit einem Ruck zuschiebt, ist ein dumpfes, polterndes Geräusch zu hören. Von etwas Schwerem. Mirela registriert es.

»Er ist euer Cousin?«

»Familie«, sagt Nicolai. »Bist du Ivo noch begegnet?«

»Ivo?«

»Er sollte noch vor deiner Abreise eintreffen.«

»Ich war ein paar Tage am Meer.«

»Wo denn?«

Sie nennt ihm den erstbesten Ort, der ihr einfällt, lehnt sich zurück und schlägt die Beine jetzt übereinander. Die Jeans spannt. Sie hat kräftige Oberschenkel. Sie muss an ihren Boss denken, den Cousin, an sein Grunzen. Wie ein Schwein. Wie das Schwein, das er ist.

Vorbei.

Vorbei, du stinkender Sack! Du wirst mich nie, nie wiedersehen. Fahr zur Hölle! Sie braucht ihn nicht mehr.

Nicolai räuspert sich.

»In erster Linie«, sagt er, »wirst du für meine Frau da sein, wir gehen gleich zu ihr. Ansonsten der Haushalt. Wir haben eine Putze, sie kommt zweimal die Woche. Unsere Köchin ist alt, sie möchte aufhören. Was meinst du, kannst du das übernehmen?«

»Ich kenne nicht viele Rezepte.«

»Es geht hauptsächlich ums Frühstück und irgendwelche Imbisse. Bei Bedarf lassen wir abends was kommen. Versuch es einfach, wir sehen dann weiter.«

»Ich bemüh mich.«

Nicolai mustert sie. Sein Blick bleibt auf ihrem Gesicht.

»Dann nur noch eins«, sagt er. »Da du ja nun mit uns im Haus wohnst. Wir haben gelegentlich Gäste, die länger bleiben. Und mein Chauffeur hat unten eine Einliegerwohnung. Er ist auch für unsere Sicherheit zuständig. Was ich sagen will, lass dich nicht anmachen und mach keinen an. Das würde mir nicht gefallen.«

»Sie hat einiges durchgemacht«, sagt Hanna.

Nicolai nimmt die Hand vom Lenkrad, winkt ab.

»Es war nie leicht«, sagt er. »Unter den Kommunisten nicht, in der EU nicht. Der Mensch wird immer klagen. Er ist nicht dazu geschaffen, glücklich zu sein.«

»Du überraschst mich.«

Nicolai lacht.

»Es gibt Ausnahmen.« Er konzentriert sich kurz auf den Verkehr. Verengte Fahrbahn, vor ihm ein Bus. Hamburger Verkehrsverbund. Fahrer aus aller Welt, im Schnelldurchlauf zum Führerschein. Unberechenbar im Straßenverkehr. »Du weißt ja, dass man mich früher den Glücklichen genannt hat? Nicolai, der Glückliche.«

»Als wir uns kennengelernt haben, warst du's ja auch.«

»Ich bin's immer noch. – Dank dir.«

Hanna ist gerührt. Sie setzt ihre Sonnenbrille auf. Ein Luxusmodell. Nicolai hat wieder freie Fahrt. Sie sind auf dem Weg nach Aumühle. Hannas Vater hat zum Mittagessen ins Hotel am See eingeladen. Seine Marita steht nicht so gern am Herd.

Marita. In Nicolais Augen ein raffgieriges Flittchen. Er kennt den Typ. Aber der Alte ist hin und weg, eine vierzig Jahre jüngere Tussi als offizielle Lebensgefährtin besteigen zu dürfen.

Okay, nicht sein Ding. Die Tussi soll sich nur nicht einfallen lassen, sich in Geschäftliches einzumischen.

»An was denkst du gerade?«

»An Stiefmütterchen«, sagt Nicolai wahrheitsgemäß.

»Ich bin gespannt auf sie.«

»Eine bulimiekranke Madonna für Arme.«

»Nico!«

»Ja?«

»Ich möchte mir ein eigenes Bild von ihr machen. Unvoreingenommen.«

Nicolai hebt entschuldigend die Hand. Er kann seinen BMW jetzt beschleunigen. Freie Fahrt auf der B 5. Ein knallsonniger Tag, Sonntag, 12.10 Uhr.

Nicolai klappt die Blende runter.

3   Peter Pietsch, der Schwiegervater. In Hamburg geboren und seit seinem fünfzehnten Lebensjahr Sozialdemokrat »mit Leib und Seele«, dem rechten Flügel der Partei zugehörig, eng vernetzt.

Er absolviert nach der Mittleren Reife eine Ausbildung zum Außenhandelskaufmann beim marktführenden Hamburger Kaffeeimporteur und ist für die Firma mehrere Jahre als Einkäufer auf lateinamerikanischen Kaffeeplantagen tätig, knüpft gewinnbringende Kontakte. Ein Verhandlungsfuchs. Hoch aufgeschossen, sportlich. Ein Aufsteiger.

Ende der Siebzigerjahre übernimmt er gemeinsam mit seinem inzwischen verstorbenen Schwager die Unternehmensleitung der *Weltweit Gute Bohne*.

Aus der Firma wird ein international agierendes Handelsunternehmen. Täglich verlassen mehrere Tonnen

Röstkaffee, Tee und Kakao die Firmenzentrale in Hamburg. Ihr Ziel sind primär Großhändler im nordeuropäischen Raum und bundesdeutsche Hotels, Restaurants und Cafés.

4 Ein runder Nischentisch, für vier Personen eingedeckt. Blick auf den See. Vater Pietsch duldet keine Speisekarten. Er hat das Menü ausgewählt, er zahlt, gegessen wird, was auf den Tisch kommt. Bei den Getränken dürfen Wünsche geäußert werden. Was nicht heißen soll, dass man sich nicht auch auf einen Wein einigen könnte. Er schlägt einen Sauvignon vor, winkt schon den Maître heran. Eine Frage der Lage und des Jahrgangs.

Der Schwiegervater trinkt weiß Gott nicht jeden Tropfen. »Geschmack ist Bildung«, sagt er und tätschelt die Hand seiner Marita. Dass er lediglich die Mittlere Reife hat, kompensiert er mit großmännischem Getue.

Hanna scheint sich noch nicht sicher zu sein, wie sie die Frau finden soll. Marita hält den Kopf gesenkt und schaut nur hin und wieder von unten auf. Der demütige Lady-Di-Blick. Sie nimmt lediglich zwei Löffel von der Bouillon. Beim Servieren des Hauptgerichts entschuldigt sie sich und stöckelt hastig zur Toilette.

»Wir müssen reden«, sagt Nicolai.

»Aber sicher, aber sicher. – Hanna, mein Täubchen, wenn du dann mit Marita einen kleinen Gang um den See machen würdest …?«

Hanna erklärt sich bereit.

Sie weiß nicht, was Nicolai mit ihrem Vater zu besprechen hat.

Sie weiß nur, dass es in der Regel um Geschäfte geht.

»Ein Mann vom Ecuadorianischen Konsulat hat sich an mich gewandt«, sagt Nicolai. »Er will eine kleine Kaffeekooperative im Süden des Landes unterstützen. Liegt in irgendeinem scheiß berühmten Tal.«

»Das Heilige Tal.«

»Das kennst du?«

»Mein Lieber, da kannst du mich nachts wecken ...«

»Jaja, schon gut. Sie würden gern mit dir ins Geschäft kommen.«

Pietsch lächelt ein ironisches Lächeln.

»Und damit kommen sie zu dir.«

»Ich soll dich überzeugen, dass es sich lohnt. Dass dabei jeder seinen Schnitt macht.«

Pietsch gibt sich, als verstehe er nicht.

Nicolais Stimme wird scharf.

»Wir reden über Millionen.«

»Ich hab nichts gesagt«, sagt Pietsch. »Du musst mir schon ein bisschen Zeit lassen. Ich würde auch gern noch mehr hören.«

Nicolai nippt an seinem Espresso, sieht seinen Schwiegervater über den Rand der Tasse hinweg durchdringend an: Jetzt komm mir nicht so.

5   Pjeter verlässt noch vor Sonnenaufgang seine Einliegerwohnung in der Harvestehuder Villa. Er fährt Richtung Rothenburgsort und Veddel in das Industriegebiet Harburg.

Er pfeift vor sich hin.

Nach etwa dreißig Minuten macht er einen Stopp an dem bei Frühschichtlern beliebten Imbiss, preiswert und gut alles, von Muttern belegte Brötchen und Kaffee, schwarz und stark, zur Selbstgedrehten.

Würzige Tabakschwaden hängen in der alten Bretterbude.

Pjeter nimmt seinen Kaffeebecher mit nach draußen. Er genießt die kleine Pause, schlendert ein paar Schritte umher, schaut zum Himmel hoch. Ein strahlender Sonnentag wird es nicht, eher bedeckt und auch kühler als in den Tagen zuvor.

Es sind nur noch ein paar Kilometer bis zu dem riesigen Gelände, zugeparkt mit Wagen sämtlicher Modelle, Lucian Radus An- und Verkauf zu äußerst günstigen Preisen.

Pjeter fährt durch das Tor direkt zu dem Wohnwagen, einer ausrangierten Schauspielergarderobe.

Lucian kommt heraus. Sie umarmen sich, küssen sich auf die Wangen.

»Was kann ich für dich tun?«, fragt Lucian. Er ist ein paar Jahre älter als Nicolai und ein völlig anderer Typ. Mittelgroß, schmal, aber mit einem kleinen Kugelbauch, einem Strohhut auf dem fast kahlen Schädel. Seit er nach Hamburg gekommen ist, hat er sich ausschließlich auf Gebrauchtwagenhandel spezialisiert, verkauft inzwischen in großem Stil nach Afrika. Nach Lagos. Unfallwagen. Gestohlene Wagen.

»Ich brauche einen Kleinwagen, guter Zustand, saubere Papiere«, sagt Pjeter. »Die Frau kann bis dreifünf bar auf den Tisch legen. Notfalls schieß ich was zu. Ist Ivos Ex.«

»Das regeln wir schon.«

»Ivo sollte allerdings nichts davon wissen. Ich meine, dass da irgendwer beteiligt ist.«

Lucian kichert albern, nickt Pjeter mit sich.

»Verstehe. Ich hatte übrigens auf der Party keinen guten Eindruck von ihm. Gesundheitlich. Hat ständig gehustet. Kann er sich im Knast was eingefangen haben?«

»Was fragst du mich?«

»Nur so. Vielleicht 'ne Grippe, 'ne Lungenentzündung?«

»Lucian, ich bin kein Doc. Und ich hab Ivo auch nicht groß husten hören. Hauptsache, er hat im Bau nichts rausgelassen.«

Lucian bleibt abrupt stehen.

»Geredet? Das traust du ihm zu?«

»Ja, leck mich! Dein Sohn! Dragon nervt mich damit.«

»Dragon ist ein Schwachkopf, Pjeter, er denkt langsam und nicht immer richtig.«

Pjeter geht schon weiter.

»Aber ich muss es mir anhören, er hängt wie 'ne Klette an mir ... verdammt, was red ich überhaupt darüber?«

Lucian präsentiert ihm einen alten Fiat, dunkelgrün und etwas zu viel auf dem Tacho. Er tatscht mit der flachen Hand mehrere Male auf das Blech.

»Das kriegen wir hin. Gib mir 'n Tausender, dann kann die Frau sich noch nett was gönnen.«

Pjeter zögert keine Sekunde.

»Wann hast du die Karre so weit ...?«

6   Mirela hat in den vergangenen Tagen ihren Rhythmus gefunden. Sie weiß, wann Kaffee und Tee bereitstehen müssen, wer was dazu wünscht. Nicolai ist Frühaufsteher, Hanna bleibt bis in den späten Vormittag hinein im Bett. Mirela ist auf Ansage zur Stelle. Pjeter muss sie nicht berücksichtigen.

Mirela erwacht automatisch gegen sechs.

Sie macht ihre Gymnastik- und Kampfsportübungen, nackt, am offenen Fenster. Sie muss keine Voyeure fürchten. Sie duscht und geht hinunter in die Küche.

Als sie an diesem Morgen ihr Zimmer verlässt, trifft sie mit Ivo zusammen. Er begrüßt sie flüchtig und beachtet sie nicht weiter. Sie hört, dass er das Haus verlässt.

Kurz darauf kommt Pjeter zu ihr.

Er klopft ihr locker auf den Rücken. Wie einem Pferd.

Er wartet, bis der Mokka aufgebrüht ist, füllt eine Tasse, trinkt und raucht seine erste Zigarette. Mirela kann schon die Uhr danach stellen, wann er sich die Zeitung schnappt und auf der Toilette verschwindet.

Diesmal kündigt er an, dass er morgen nicht im Haus sein werde. Nicolai wisse Bescheid. Wenn also was einzukaufen sei ...

Mirela dankt und verneint.

Dann ist sie allein.

Sie wartet noch einen Moment, bevor sie wieder nach oben geht und an der Zimmertür lauscht, aus der Ivo gekommen ist. Vorsichtig drückt sie die Klinke herunter.

Sie tritt ein.

Das Zimmer ist ebenso schlicht eingerichtet, wie das von ihr bewohnte. Ein breites Bett, ein offener Kleiderschrank, zwei Sessel, ein niedriger, runder Tisch. Der Fernseher. Neben der Tür Garderobenhaken und ein ovaler Spiegel.

Auf dem Tisch ein überfüllter Aschenbecher, eine zerknüllte Zigarettenpackung, Kleingeld, ein schmaler Hefter.

Mirela schlägt ihn auf.

Amtliche Schreiben. Ein Gerichtsbeschluss.

Ein Foto fällt heraus.

Ein Polaroid.

Es zeigt zwei fröhlich lachende Jungs.

Mirela betrachtet es lange. Sie glaubt, in einem der Jungen eine Ähnlichkeit mit Ivo zu erkennen.

Ein Sohn, er hat einen Sohn.

Nicolai steht auf dem Balkon des Zimmers seiner Frau.

Er spricht in sein Handy.

Er ist genervt.

»Dragon«, sagt er. »Dragon, natürlich denke ich in erster Linie an dich. Aber das braucht seine Zeit. Es müssen erst noch entsprechende Voraussetzungen geschaffen werden ... Welche?! Welche?! Ja, glaubst du, ich rede am Telefon mit dir darüber? Ich habe den Schuppen gerade erst gekauft! ... Verdammt noch mal, komm runter von diesem scheiß Trip, natürlich bist du Familie, was sonst, lass mich nicht wütend werden ... du hörst von mir, ja ... ich sage, ja! ... bis dann!«

Er dreht sich zu Hanna um.

»Ein Idiot«, sagt er. »Ein Vollpfosten! Schnappt irgendwas auf und denkt, es geht um ihn! Was soll ich nur mit ihm machen?«

7   Valea Kröger, geborene Radu. Sie hat den Namen ihres Ex beibehalten, es erscheint ihr in mehrfacher Hinsicht sinnvoll. Beide Brüder werden nach wie vor dem Milieu zugeordnet, ob zu Recht oder zu Unrecht, zählt nicht. Die Presse nutzt jede Gelegenheit. Valea muss immer wieder Gegendarstellungen durchsetzen. Sie spricht eine klare Sprache.

Valea hat reich geheiratet. Sie hat sich mit einer hohen Abfindung scheiden lassen. Ihr Ex hat betrügerische Warentermingeschäfte abgewickelt. Er ist für sie Vergangenheit. Schon während ihrer Ehe hat sie Liebschaften gehabt.

Ivo erinnert sich gern.

Er umarmt und küsst sie gleich auf der Schwelle zu ihrem Loft. Hafencity, Hochhaus, sechster Stock, Balkon zum Hafen hin.

Valea ist sommerlich leicht bekleidet, ein kurzes, unifarbenes Leinenkleid, Sandaletten. Ihre tiefschwarzen Haare hat sie hochgesteckt. Sie schaut auf die Uhr und sagt, sie habe noch genügend Zeit.

Danach geht sie ins Bad.

Ivo raucht und schaltet die Espressomaschine ein.

»Denkst du ernsthaft darüber nach auszusteigen?«, fragt Valea, während sie sich wieder anzieht. »Mir würde was fehlen.«

»Ich war viele Jahre weg.«

»Eben. Ich hab dich vermisst.«

Ivo lächelt ein winziges Lächeln.

»Wir wissen beide, dass es immer nur der Moment sein wird.«

»Vielleicht bin ich bereit, das zu ändern.«

»Das macht mir die Entscheidung nicht leichter.«

Valea nimmt ihren Espresso entgegen.

»Willst du sie von Nicolai abhängig machen? Was er dazu sagt?«

Ivo zuckt die Achseln.

»Ich muss auf jeden Fall mit ihm reden. Kann sein, dass er froh ist, wenn ich mich verabschiede.«

»Das glaube ich nicht. – Nein, ich weiß, dass es nicht so ist. Ihr habt eine lange gemeinsame Geschichte.«

»Seit ich aus dem Knast bin, steht was zwischen uns, Valea, das spür ich. Er glaubt, dass mir Davids Tod zu sehr zu schaffen macht, ich keinen Kopf mehr für was anderes habe. Er sagt es nicht direkt, aber ich weiß es.«

»Du irrst dich.«

»Ich hab mich nicht groß um David gekümmert, das bedrückt mich sehr. War nicht gut.«

»Das kannst du dir aber nicht ewig vorwerfen.«

»Ewig.« Ivo schnaubt. »Nein, ewig bestimmt nicht.« Er reibt sich die Augen, sieht sich jetzt zum ersten Mal genauer in dem großen Raum um. Neben einem antiken Garderobenständer ist ein aufgeklappter Leichtmetallkoffer, dekoriert mit einer Korsage, High Heels und einer Flasche Champagner.

Valea folgt seinem Blick.

»Ein Objekt«, sagt sie.

»Ein was …?«

»Kunst. Da gibt's nichts weiter zu verstehen. Hat den Titel ›Sweet Dreams‹. Hat Nicolai mal ersteigert.«

»Und dir geschenkt?«

»Und mir geschenkt.«

8   »Ich war noch gar nicht abgebogen«, sagt Gigi und zeichnet mit dem Löffelstiel eine Kreuzung auf die Serviette. »Ich hatte gebremst, so aus'm Gefühl raus. Die Frau war total unsicher, das konnte man sehen, und zack, schon lag sie vor mir auf der Straße.«

»Ich verstehe«, sagt Unger. Er notiert. Er notiert mit zittriger Hand. In seinem Kopf ein dumpfer Schmerz. Zu viel Alkohol, zu viele Zigaretten und nur trübe Gedanken an Sylvia. Was geht in ihr vor? Was hat sich verändert? Was hat sie dermaßen verändert?

Unger sitzt mit Gigi in einem Café nicht weit vom Gerichtsgebäude entfernt. Er trinkt Espresso und Mineralwasser.

»Ich raus aus'm Wagen und zu ihr hin, um ihr zu helfen. Zu helfen, Herr Anwalt, ehrlich! Und was macht sie? Sie schreit und tritt nach mir und schreit und tritt mir – ja, tritt mir voll in die Eier, genau. Entschuldigung, aber da … ich meine, da hab ich möglicherweise was Dummes zu ihr gesagt!«

Unger nickt.

Gigi streicht eine Haarsträhne aus dem Gesicht, lächelt Unger an. Ein unschuldiges, ein anrührendes Lächeln.

»Sie helfen mir doch?«

Er legt den Kopf schief, berührt Ungers Hand. Sanft. Zärtlich.

Er streichelt sie.

Unger zuckt wie vom Schlag getroffen zusammen, steht rasch vom Tisch auf. Das Wasserglas kippt.

»Ich ... ich bin gleich zurück.«

Er hastet zur Toilette, stolpert die Stufen hinunter.

Im Spiegel blickt ihm sein gerötetes Gesicht entgegen. Schweiß auf der Stirn. Mein Gott, was ist nur in diesen Burschen gefahren? In diese ... diese Schwuchtel. Gablers Lover.

Seine Gedanken rasen.

Unger stellt sich an das Pinkelbecken, zerrt am Reißverschluss seiner Hose.

Er erstarrt, als Gigi sich dicht neben ihm aufbaut.

9 Kristina stellt das Tablett mit Aufschnitt, Käse und Tomaten ab, das Abendbrot, holt Bier und Wodka aus dem Kühlschrank. Pjeter wartet, bis sie eingeschenkt hat. Sie greifen nach den Gläsern. Pjeter hält mit der freien Hand einen Wagenschlüssel mit ovalem Anhänger in die Höhe. Eingraviert ist »Kristina«.

»Ist gegenüber geparkt. Neu zugelassen, alles tipptopp.« Er stößt mit Kristina an. »Drei Riesen unter Freunden, ist aber mehr als das Doppelte wert.«

Spontan lächelt Kristina, doch gleich darauf verschattet sich ihr Gesicht. Pjeter hebt fragend die Augenbrauen.

»Danke – nein, ehrlich, danke. Ich freu mich«, sagt Kristina schnell. »Es ist nur ... ach, ich weiß nicht, ich musste gleich wieder an David denken. Es ist schließlich sein Geld. Sein verdammtes Drogengeld.«

»Das kann man nicht wissen.«

Kristina zündet sich eine Zigarette an.

Sie inhaliert, bläst den Rauch zum offenen Fenster hin. Von unten im Hof sind noch spielende Kinder zu hören. David war nie mit Nachbarskindern zusammen. Schon früh allein unterwegs. Sie hat ihn gelassen.

»Ich hab dich vorige Tage gesehen«, sagt sie nach einer Weile.

Pjeter guckt überrascht.

»Ich war nur kurz in der Stadt, ein paar Besorgungen.«

»Vom Bus aus«, sagt sie. »Vor so einem Dance Club. Was gab's da?«

»Wo ...?«

»Sag's mir einfach. Für mich ist das wichtig.«

Pjeter kippt erst noch einen Wodka, wischt sich mit dem Handrücken über die Lippen.

»Der Club – ja. Wir haben uns da umgesehen«, sagt er dann. »Ein Kumpel und ich. Wir haben gecheckt, was dran zu tun ist. Der Schuppen ist ausgebrannt. Nicolai hat ihn sich günstig unter den Nagel gerissen. Er hat ja 'ne Nase für so was.«

»Wurde da gedealt?«

»Wo Blackies rumturnen, kannste drauf wetten. – Warum?«

»Wisst ihr mehr darüber? Was das für Leute sind? – Pjeter, David ist ganz in der Nähe entdeckt worden. Die Bullen haben mir nur gesagt, dass er an 'ner Überdosis gestorben ist. Nichts von dem Club. Aber da wird er sich mit Scheiß versorgt haben, ganz bestimmt. Warum rücken die damit nicht raus?«

»Weil sie Bullen sind, die haben das möglicherweise noch nicht mal gecheckt, die sind nun mal blöd wie Sau.«

»Ich weiß nicht«, sagt Kristina. »Ich weiß echt nicht. Kommt da jetzt auch wieder 'n Club rein? – Ich find das alles sehr merkwürdig. Ist nur 'n Gefühl, aber irgendwie ...« Sie drückt die Kippe aus, greift nach dem Wodka.

Pjeter hält ihr auch sein Glas hin.

»Dir geht das wirklich tief rein. Ich versteh das«, sagt er. »Ist ja auch übel. Alles, mein ich, eine üble Scheiße.«

DER KREDIT

1   Dragon fährt den McDonald's an. Er hat sich telefonisch noch einmal bei Nicolai vergewissert. Es gibt keinen festen Termin. Er kann jederzeit in der Bank erscheinen.

Mehr vor sich hin brummelnd ordert er zwei Cheeseburger und Kaffee. Die Asiatin versteht ihn nicht. Er wird deutlich, überdeutlich. Die Kids neben ihm hüpfen beiseite. Dragon ist kein sonderlich kräftiger Mann, aber er wird schnell böse. Böse, bissig und gemein. Eine Ratte.

Die Situation beruhigt sich.

Dragon verzehrt seine Burger, geht kurz pinkeln und steigt wieder in seinen Porsche. Die Kiste hat der Alte ihm zugeschustert. Auf Touren gebracht. Eine Rakete mit allen Extras. Für nothing.

Dragon schiebt seine Lieblings-CD rein, Bruce Springsteen, *Born to run.* Bei dem Saxofon-Take hat er Tränen in den Augen. So angefasst ist er. Mit den letzten Klängen rauscht er schon bei der Reinbeker Sparda vor.

Nicolai hat ihm klare Anweisungen gegeben.

Er geht zum Schalter, nennt seinen Namen. Er will den vereinbarten Kredit ausbezahlt haben. Den Kredit für den Club. Für seinen eigenen geilen Club, schon bald die Nummer eins in der Szene.

»Einen Moment, bitte.« Die Blondine zieht sich sichtlich angepisst zurück. Als sie nach einer Weile wiederkommt, macht sie einen auf arrogant, die Schnepfe.

»Wir bedauern, aber der Kreditrahmen der Radu-Verwaltung ist ausgeschöpft, momentan können wir Ihren Wünschen leider nicht nachkommen.«

Wünsche? Dragon ist sprachlos. Was redet die Frau da?

Er kneift die Augen zusammen, sein Mund verzieht sich, er ballt die Hände zu Fäusten.

Nicolai hört geduldig zu, was Dragon ihm berichtet. Er schaut auf die Uhr.

»Geh runter in die Küche«, sagt er. »Lass dir was zu trinken geben. Ich red mit den Leuten.« Er greift zum Telefon. »Gut, dass du keinen Ärger gemacht hast.«

Dragon nickt heftig.

Er ist heilfroh, nicht bei dem Telefonat dabei sein zu müssen.

In der Tür zur Küche bleibt er überrascht stehen.

Teufel auch, wer ist das denn?

Ein Traum. Ein Traumgeschöpf.

Die Bank, das unsägliche Gezeter und alles andere sind schlagartig vergessen. Dragon zieht den Bund seiner Anzughose hoch, zupft Jackett und die schmale Krawatte zurecht, echt der »Reservoir Dogs«-Style, extra wegen des albernen Kredits, jetzt aber ... er harkt sich noch schnell durchs Haar.

Auf Mirelas Gesicht legt sich ein amüsiertes Lächeln.

Nicolai hat seinen Schwiegervater am Apparat. Nachdem er es lange hat durchklingeln lassen.

»Nico, entschuldige, aber ich kann im Moment nicht ...«

»Geh nach nebenan, oder geh raus, wo dich verdammt noch mal niemand hört.«

»Das ist jetzt wirklich ganz schlecht.«

»Ganz schlecht ist die Scheiße, mit der mich die Bank aus heiterem Himmel abblitzen lässt. Unsere Bank, Peter. Die Bank, die uns bislang jeden Kredit bewilligt hat ...«

»Bitte ...«

»Was geht da vor? Was ist in diesen Pohlmann gefahren?

»Nico, ich ... ich weiß nicht, was ... was ich sagen soll. Was ist denn passiert?«

»Dann wiederhol ich's noch mal. Ich richte ein neues Lokal ein, ich muss den Laden renovieren, ich brauche mickrige achtzigtausend. Als Kredit! Den mir Pohlmann verweigert. Hast du's jetzt verstanden? Der Mann, den du angeblich in der Tasche hast ...«

»Der Vorstand ...«

»Ja, scheiß auf den Vorstand! Für mich bist du das, Peter! Und ich sag dir, bring das in Ordnung!«

»Aber ich ... Nico, wir sollten nicht am Telefon darüber reden. Lass mich sehen, wann ich in der Firma bin ...«

»Morgen, spätestens morgen Mittag tauch ich bei dir auf! Und komm mir dann nicht mit ich-kann-da-nichts-machen ...«

2   »Richtig Angst hatte ich, Nicolai meinen Eltern vorzustellen«, erzählt Hanna. Sie hat Mirela gebeten, sich zu ihr auf den Balkon zu setzen. Sie trinken Tee, den Nachmittagstee. »Nicht so sehr vor meiner Mutter, die hab ich sehr geliebt, und als sie ... sie ist mit neunundfünfzig gestorben, an Krebs. Dass ich den auch habe ... ist vielleicht doch erblich, ich weiß es nicht, und ich will auch nicht darüber nachdenken. Meine Mutter jedenfalls war ... sie hat nie geklagt, sie war immer an allem interessiert. Weißt du, was sie als Erstes zu Nicolai gesagt hat? – Diese Bartstoppeln, die Sie da haben, die gefallen mir gar nicht, das sieht ungewaschen aus, schmutzig, und Sie wollen doch wohl ein anständiger Kaufmann sein.« Sie lacht.

Mirela schmunzelt.

»Und Ihr Vater?«, fragt sie.

»Vater hatte schon Erkundigungen eingezogen und fing sofort mit St. Pauli an, mit was man denn da so viel Geld verdienen könne. Ich habe ihm nämlich erzählt, dass Nicolai mit Sicherheit nicht auf unser Vermögen aus ist. Da hat Nicolai dann auch nur noch gelacht: Herr Pietsch, ich kaufe und verkaufe, und ich wäre ein schlechter Geschäftsmann, wenn mir das keinen Gewinn bringen würde. Mein eigentlicher Gewinn aber ist, dass ich da eines Abends mein Glück gefunden habe, und mit dem stehe ich hier vor Ihnen – jaja, Mirela, das war gewissermaßen unsere Verlobung.« Es tut ihr gut, über diese Zeit zu sprechen. Sie erinnert sich gern.

Mirela lässt es auf sich wirken. Wehmütig. Denkt an ihre Jugend. Sie hatte keine. Sie kennt nur Enge und Not. Die Eltern früh verstorben, ein Busunglück. Unter der Obhut des Onkels aufgewachsen. Keine Spielkameraden. Im Schatten vor den Häusern hocken mit verhärmten Gesichtern die alten Frauen. Männer schleppen sich auf Krücken über den Dorfplatz.

Schüsse fallen.

Peng, peng.

Zwei Schüsse an einem heißen Nachmittag.

Blut rinnt über das Pflaster. Vermengt sich mit dem Wasser des Brunnens.

Ein Flüstern und Zischeln hebt an.

Sie schlägt die Hände vors Gesicht, spürt herausfordernde Blicke auf sich. Beschwörungen. Getuschel. Die Ehre. Die Tradition.

Mirela hat niemanden mehr. Sie flüchtet. Lässt das Dorf hinter sich. Nächtigt im Freien, in Ställen und Scheunen.

Stiefeltritte sprengen die morsche Tür auf. Aus Stableuchten fällt grelles Licht.

Sie duckt sich, kriecht in die hinterste Ecke.

Hinter das Heu.

Eine Welle von Gelächter überspült sie, höhnisches Gelächter.

Es schneidet ihr durch Mark und Bein.

Ein Hund kläfft.

Ihr Kleid wird zerrissen. Blut rinnt an ihren Schenkeln herab.

Sie fällt in tiefschwarze Dunkelheit.

Als sie erwacht, weiß sie, dass sie fortan eine andere ist.

3   »Halt deine Pfoten bei dir«, sagt Gabler emotionslos. Hirst lässt vor Schreck die Karten fallen. Gabler winkt ab. »Dich mein ich nicht. – Matthias weiß schon, um was es geht.«

Nicolai blickt von einem zum anderen.

»Was soll das?«, fragt er. »Wir pokern.«

»Ich ertrag einfach nicht länger seine Unschuldsmiene, das kotzt mich an.«

»Das sagst du?« Unger knallt sein Blatt offen auf den Tisch. »Das sagst du mir?! Dann halt gefälligst dein Schoßhündchen an der Leine, das war widerlich.«

»Moment, Moment«, wirft Nicolai ein. Sie hören nicht auf ihn. Hirst wendet sich ab, macht sich an der Bar zu schaffen. Unger und Gabler starren sich über den Tisch hinweg an.

»Wenn du deinen Ehefrust loswerden musst …«

»Ich muss gar nichts! Gar nichts! Ich muss mir auch nicht deinen Scheiß anhören!«

Nicolai schlägt krachend auf den Tisch.

»Verdammt, was ist los mit euch? Ihr furzt hier rum …«

»Jo spinnt …«

»Matthias grabscht meinen Freund an.«

»Deinen Freund?« Nicolai kann nicht verbergen, wie verblüfft er ist.

»Meinen Freund«, wiederholt Gabler. »Hast du was dagegen? Sind unsere gemeinsamen Abende damit beendet?«

»Er – er, Gigi, dein kleiner Liebling greift mir an den Sack, verstehst du? Diese miese Schwuchtel …«

»Okay«, sagt Nicolai. »Okay.« Er wendet sich an Hirst. »Schenk uns auch was ein. Und dann hört ihr mir zu.«

4 Am frühen Abend des nächsten Tages betritt Gigi die Kanzlei am Neuen Wall. Marmortreppe, roter Läufer, goldglänzende Treppenstangen. Gedämpftes Licht fällt durch die Ornamente der farbigen Glasfenster. Die Tür im ersten Stock ist geöffnet.

Valea erwartet den jungen Mann.

Gigi trägt ein blütenweißes Hemd und extrem knapp sitzende lachsfarbene Jeans. Weiße Sneaker. Sein Haar ist gegelt, er ist frisch rasiert und dezent parfümiert.

Er stellt sich mit einer leichten Verbeugung vor.

»Sie wissen Bescheid?«

»Ich bin informiert«, sagt Valea. »Ich übernehme eigentlich keine Verkehrsdelikte. Aber mein Bruder hat mich gebeten, Sie zu beraten.«

»Ihr Bruder ...?«

Valea reagiert nicht darauf. Sie geht vor.

In ihrem Büro setzt sie sich an den Schreibtisch, legt ein kleines Aufnahmegerät vor sich hin, schaltet es aber noch nicht ein. Sieht Gigi fragend an.

»Ist irgendwas?«

»Ich ... nein, nein, ich bin nur – ich bin mir nicht sicher, ob ich ... ich glaube, ich habe Sie schon mal gesehen.«

»Glauben Sie?«

»Ja, in ... in einem Club. Auf der Tanzfläche.«

Valea hält den Blick auf ihn gerichtet.

Kühl. Prüfend.

»Und wo soll dieser Club gewesen sein?«

»Eimsbüttel, der ... der Dancing Club. Der ist ausgebrannt, ich hab das erst ... ich wollte an dem Abend hin, als mir das mit der Fahrradfahrerin passiert ist. Ich wusste das nicht … ich meine, dass da nichts mehr läuft.«

»Und da wollen Sie mich gesehen haben?«

Gigi nagt an seiner Unterlippe, blickt zu Boden, nickt.

»Ich meine, ja, ist aber schon 'ne Zeit her. Letztes Jahr.«

»Na dann«, sagt Valea leichthin. »Das kann sein.« Sie trommelt mit der Rechten einen schnellen Rhythmus auf die Tischplatte. »Gab ganz gute Musik da.«

»Echt geil.«

»Waren Sie Stammgast?«

»Nee, nich so. Aber schon öfter wegen … okay, man konnte ganz gut schwule Bekanntschaften machen.«

»Und das haben Sie?«

Gigi hebt die Hände.

»Das waren meist angenehme … sehr angenehme Leute. Die hatten auch kopfmäßig was drauf.«

»Nicht nur«, sagt Valea sich und denkt an Geschichten, die ihr zu Ohren gekommen sind.

5   Es ist zwei Uhr nachts. Valea sitzt mit gekreuzten Beinen auf ihrem Bett. Sie trägt einen knielangen Kimono. Dunkelblaue Seide, goldglänzende Kanten. Nicolai liegt entspannt lang ausgestreckt vor ihr, den Kopf in ihrem Schoß. Ein leichter Wind bläht die bis zum Boden reichenden Vorhänge.

Hafengeräusche. Nächtliche Arbeiten auf der Werft.

Valea massiert ihrem Bruder die Schläfen.

»Du hast mir gar nicht gesagt, dass du ein neues Objekt gekauft hast.«

Nicolai braucht einen Moment.

»Eine spontane Entscheidung«, sagt er dann. »Von wem hast du's?«

»Zufällig. Nach einem Gespräch.«

»Valea, bitte ...«

»Der kleine Lover deines Freundes hat sich da vergnügt.«

»Kann ich mir vorstellen. Aber dass ich die Ruine ...«

»Der Brand hat mich neugierig gemacht. – Ich kenne den Laden. Ich war selbst ein paarmal da.«

Nicolai richtet sich auf, wendet sich zu ihr.

Er legt ihr die Hände auf die Schultern, sieht sie ernst an.

»Das gefällt mir nicht.«

»He, ich bin niemandem verpflichtet.«

»Das war ein Scheiß. Ein dreckiger Afro-Club! Miese Drogen und ... und üble Praktiken, ganz üble Praktiken!« Er wird laut. »So etwas haben wir in keinem unserer Läden geduldet, frag Ivo. Frag ihn Das ist nicht unsere Welt, Valea, was da lief, das ... das ist mir zutiefst zuwider.«

»Und warum kaufst du ihn dann?«

»Ich kauf das Grundstück, Valea. Nur das Grundstück, und das Recht, darauf zu bauen, was ich will. Für einen Spottpreis in der Lage. Was ich daraus machen werde ... ich denke noch darüber nach.« Er reibt sich über die Stirn. »Aber du hast recht. Ein neuer Club, das ... das kommt nicht gut. Man wird denken ... mein Gott, nein! Nein!«

Valea schlingt die Arme um ihn, schmiegt sich an ihn.

»Nicolai – wir dürfen keine Geheimnisse voreinander haben, egal was es ist. Das haben wir uns versprochen. Sonst ... sonst ist jeder allein, und das macht uns schwach. Wir brauchen einander.« Sie küsst ihn heftig. »Ivo gehört auch dazu.«

Nicolai löst sich von ihr.

»Ivo? Ja, sicher. Aber was soll das jetzt?«

Valea streicht sich durch ihr dichtes Haar.

Sie atmet tief durch.

»Du sprichst kaum noch von ihm ...«

6   Nicolai ruft Ivo zu sich ins Büro. Er hat die Fenster weit geöffnet. Es ist warm, es ist sonnig, das Wetter hält sich.

Nicolai schenkt Mineralwasser ein.

»Wir haben ein Problem«, sagt er. »Pohlmann hat den Hahn zugedreht. Die Bank gibt uns keinen Kredit mehr.« Er sagt es ruhig, gänzlich unaufgeregt.

»Kredit für was?«

»Eine Lappalie. Für eine Renovierung. Die Kohle brauchen wir nicht zwingend, wir haben genug Rücklagen. Aber ...« Er beugt sich vor. »Aber ich muss wissen, was dahintersteckt. Meinen Schwiegervater hat er auflaufen lassen, irgendwelche überregionalen Maßnahmen – Scheiße, das kauf ich ihm nicht ab.«

»Okay«, sagt Ivo. »Okay, was schlägst du vor?« Er verspürt eine unbändige Lust, etwas zu tun. Aktiv zu sein. Die Entscheidung vor sich her schieben zu können. Und er hat zugleich eine Sehnsucht. Eine Sehnsucht nach Valea.

»Nimm den Mann aufs Korn, Ivo, versuch, alles über ihn rauszufinden, alles. Wir brauchen was, womit wir ihn nageln können.« Er lehnt sich wieder zurück, greift nach dem Holzkästchen mit den sagenhaft teuren ägyptischen Zigaretten. Gönnt er sich manchmal. Bietet er jetzt auch Ivo an.

Ivo nestelt eine heraus, schnüffelt daran.

»Ist Pjeter dabei?«

»Später«, sagt Nicolai. »Später vielleicht. Für das Grobe, wenn es denn nötig sein sollte. – Lass uns gelegentlich mal wieder ein Spielchen machen. Ich möchte dich auch meiner kleinen Runde vorstellen.«

7   Hamburg-Bahrenfeld.   Ein   Bürohochhaus. Hochparterre rechts: Radu Immobilien GmbH & Co Verwaltungs KG. Zwei ineinander übergehende Büroräume. Drei Mitarbeiter. Zwei junge Frauen, eine von ihnen mit Kopftuch, ein älterer Mann, hemdsärmelig und übergewichtig. Er ist der Chef der kleinen Belegschaft.

Sie arbeiten an Computern mit großen Bildschirmen.

Sie verwalten siebenundzwanzig Wohnhäuser mit insgesamt sechshundertdreißig Mietparteien.

An eine Wand ist ein Ausdruck sämtlicher Radu-Immobilien gepinnt, die Meile hoch, am Ufer der Hafencity. Daneben Urlaubsgrüße der Mitarbeiter und das Foto einer Weihnachtsfeier in einem Szenerestaurant.

Nicolai Radu inmitten einer größeren Gruppe.

Nicolai Radu als Knecht Ruprecht. Mit Sack und Rute.

Gegen Mittag nimmt der Bürochef einen Anruf entgegen.

Nicolai Radu weist ihn telefonisch an, ab sofort die Mieteinnahmen der St.-Pauli-Wohnobjekte vorerst auf einem Sonderkonto zu parken.

1   Am Freitagabend, kurz vor Einbruch der Dämmerung, macht ein auf einem Seitenlauf der Alster paddelndes Paar eine grausige Entdeckung.

Ihr Boot stößt an den offensichtlich hochgeschwemmten Körper eines dunkelhäutigen Mannes. Aufgrund einer Tätowierung am inneren Handgelenk kann innerhalb kürzester Zeit die Identität der vor Wochen als vermisst gemeldeten Person geklärt werden.

Es ist der zweiunddreißigjährige George E., gebürtig in Kumasi, Ghana.

Er ist erdrosselt worden.

Die Polizei geht von einem Milieumord aus.

George E. war ein in der Clubszene bekannter Dealer.

Die Meldung geht bereits am nächsten Tag an die Presse.

Wer hat George E. noch lebend gesehen?

2   3.30 Uhr morgens. Nichts rührt sich. Es ist still in der Villa am Harvestehuder Weg.

Mirela öffnet leise die Tür zu Nicolais Büro. Sie macht kein Licht, lässt nur kurz eine Taschenlampe aufblitzen. Orientiert sich.

Sie huscht zu Nicolais Schreibtisch, zieht an der obersten Schublade. Sie ist nicht verschlossen.

In der Lade liegt ihr Pass.

Sie vergewissert sich, legt ihn zurück.

Dann nimmt sie die Pistole heraus. Eine P8, neun Millimeter.

Routiniert überprüft sie das Magazin. Fünfzehn Schuss. Sie wiegt die Waffe in der Hand. Zieht die Stirn in Falten, betrachtet das Eisen nachdenklich. Legt es beiseite, nimmt nun das Handy heraus.

Drückt mehrere Tasten, hat Erfolg.

Sie schaut auf das Display.

Sie sieht die bewegten Bilder, den Film.

Ihre Augen weiten sich. Es schaudert sie.

Reflexartig fasst sie sich ans Herz.

3   Nicolai verabschiedet seinen Schwiegervater in der Abflughalle des Hamburger Flughafens. Pietschs Flug nach Amsterdam startet um fünfzehn Uhr. Pietsch fliegt mit Marita.

Amsterdam. Eine Übernachtung.

Am nächsten Tag Direktflug nach Quito.

Pietsch will sich die Kaffeekooperative ansehen.

Noch ein paar Tage im Land bleiben. Sightseeing. Kleine Ausflüge mit Marita. Betriebskosten, steuerlich absetzbar. Macht sich auf jeden Fall gut in den Büchern.

Pietsch hüstelt, zieht Nicolai noch kurz beiseite.

»Das mit Pohlmann«, sagt er, »das regelt sich, mach dir darüber keine Gedanken.«

»Warum sollte ich? Ich lass ihm die Kniescheiben wegschießen, dann kann er mit dem Arsch auf seiner Kohle sitzen bleiben. Ich hab schon einen Mann drauf angesetzt.«

Pietsch wird blass. Schreckensbleich.

Hilfe suchend schaut er sich nach seiner Marita um.

Nicolai lacht ihm ins Gesicht.

»Du kriegst davon nichts mit«, sagt er. »Du hast ein Alibi! Guten Flug.« Er wendet sich an die Tussi. »Kleinen Tipp noch für heute Abend. Das Blue Pepper. Ist Mick Jaggers Lieblingslokal in Amsterdam. Mick Jagger – kennst du? War vor deiner Zeit.«

4   Filialleiter Rainer Pohlmann verlässt morgens um acht Uhr das Haus. Seine Frau verabschiedet ihn an der Tür. Sie trägt einen Morgenmantel und winkt ihm nach.

Pohlmann geht über die Steinplatten bis zum Jägerzaun, öffnet das Tor. Reckt das Kinn in die Höhe und marschiert los.

Pohlmann ist äußerst schlicht gekleidet.

Bundhose und Birkenstockschuhe.

Ein abgetragenes Jackett.

Ivo startet den Wagen.

Er lässt Pohlmann bis zur Kreuzung vorgehen. Nachdem er links abgebogen ist, fährt er ihm langsam nach. Pohlmann kennt offenbar jeden in der Nachbarschaft, in diesem Viertel am Wald. Er nickt dem einen, er winkt einem anderen zu. Frauen und Männer im fortgeschrittenen Alter. Grau und gebeugt. Gartenfreunde.

Öde. Stinköde.

Spatzen lärmen am Wegrand.

Pohlmann legt ein wenig zu.

Am Kiosk nimmt er die *FAZ* und eine Zigarre entgegen. Er steckt die Zigarre sorgsam in die Brusttasche seines Jacketts.

Die Bank betritt er durch die Hintertür.

Nach und nach trudeln sieben Mitarbeiter ein. Drei junge Männer, vier Frauen, unter ihnen eine auffallend hochgewachsene Blondine.

Um dreizehn Uhr macht Pohlmann Mittag. Er geht allein.

Ivo steigt aus dem Wagen und überquert die Straße zum Il Ristorante. Pohlmann nimmt an einem Fenstertisch Platz.

Ivo setzt sich in Sichtweite.

Pohlmann bestellt von der Tageskarte die Nummer zwei.

Gemüsesuppe. Spaghetti mit Spinat. Dessert. Acht Euro siebzig.

Ein Wasser.

Ivo ordert einen doppelten Espresso.

Eine Joggerin betritt das Restaurant, stellt sich an die Theke. Sie trägt einen modischen Jogginganzug, farbig, wie wild besprayt. Bittet um ein Glas Wein.

Pohlmann ist in seine *FAZ* vertieft, verzichtet aufs Dessert. Er bekommt einen Grappa aufs Haus angeboten, lehnt auch den ab.

Er zahlt und steht auf.

Er bemerkt die Joggerin, zögert einen Moment und geht dann zielstrebig zu ihr.

Ivo ist hoch konzentriert.

»Mein Gott, Sylvia«, hört er. Pohlmann macht einen hilflosen Ansatz, die Frau zu umarmen. Sie sieht verteufelt gut aus. Modelmaße. Gänzlich andere Liga als er. »Dass ich dich hier treffe! Wo hast du denn die ganze Zeit gesteckt?« Pohlmann signalisiert der Bedienung, ihm auch einen Wein zu servieren. »Du musst mir alles erzählen. Aus deinem Göttergatten war ja nichts rauszukriegen. Du glaubst gar nicht, wie sehr ich mich freue.« Er schiebt sich dicht an sie heran.

Ivo zieht sein Handy hervor und wartet auf den passenden Moment, die beiden unbemerkt zu fotografieren.

5   Pjeter säubert vor dem Haus den Range Rover. Er versucht, sich auf die Arbeit zu konzentrieren. Doch das klappt nicht so ganz. Hinter ihm geht Dragon auf und ab. Wieder in seinem scheiß abgetragenen Anzug, der zudem zu eng ist.

Dragon redet und redet und redet. Pjeter kann und will nicht alles verstehen. Allein Dragons Stimme nervt ihn. Die Tonlage.

»Wie 'n Blitz!«, kräht er. »Auf der Stelle ... wumm, tief ins Herz, und da war gleich 'n Draht da « Er beginnt, irgendeinen Scheiß zu trällern.

Pjeter reicht es. Er klatscht das Leder auf die Kühlerhaube.

»Hör zu, Dragon, hör zu. Du riskierst deinen Arsch! Die Frau ist tabu! Die ist dem Cousin, der hat da seine Hand drauf, verstehst du? Aber wenn du willst, dass er dir das Gehirn wegpusten lässt, bitte, nur zu. Möglicherweise muss ich das erledigen, und ich werde nicht eine Sekunde zögern.«

»Du ... du würdest ...«

»Da kenn ich nichts! Also halt die Klappe, und bleib der Frau von der Wäsche!«

Dragon schlägt sich mit der flachen Hand an die Stirn.

Einmal, zweimal.

»Das ist ...!« Er bringt kein Wort mehr heraus. Nur ein klägliches Krächzen.

Wie aus dem Nichts steht Nicolai neben Mirela im Flur. Wo sich nur Ivos und ihr Zimmer befinden. Eine Etage, die er während ihrer Zeit noch nie betreten hat. Mirela schreckt zurück. Verflucht sich innerlich.

Das darf nicht passieren, das darf ihr nicht passieren.

Sie ist noch nicht so weit.

»Mirela«, sagt Nicolai. »Ich bin's doch nur.«

»Ja – ja.« Sie muss schlucken. »Ich weiß auch nicht, ich war in Gedanken.«

Nicolai schaut kurz aus dem Eckfenster auf den Platz, wo Pjeter und Dragon herumstehen. Er schüttelt den Kopf und schließt es.

»Der Cousin hat angerufen«, sagt er. »Er hat lange nichts von dir gehört. Hast du kein Handy?«

»Nein, ich ... ich brauch keins.« Sie hat sich wieder gefangen, macht sich gerade, wartet.

»Der Cousin meint, bei ihm hättest du eins gehabt.«

»Da irrt er sich. Ich will nicht ständig erreichbar sein. Von niemandem.«

»Hmm«, macht Nicolai. Er reibt sich das Kinn. »Daran wirst du dich gewöhnen müssen. Ich muss dich jederzeit sprechen können, es kann immer

Überraschungen geben. Ich meine, wo ich deine Hilfe benötige.« Er nickt nach unten hin. »Pjeter soll dir eins besorgen.«

Er schenkt ihr noch ein bekräftigendes Lächeln, dreht sich um und verschwindet auf der Treppe.

In seinem Büro durchfährt ihn ein Gedanke. Er schimpft sich einen dämlichen Hund. Ein Blick auf Dragon und augenblicklich ist ihm klar: der nicht, nie und nimmer. Die Alternative ist ... ist genial. In mehrfacher Hinsicht.

6 Martin Hirst kommt zu Nicolai in den Innenhof des Hotels. Der Chefkoch ist in Arbeitskleidung, begrüßt Nicolai mit Handschlag und setzt sich seufzend zu ihm. Zündet sich eine Zigarette an, inhaliert tief.

»Schlechter Zeitpunkt«, sagt er dann. »Mir sind zwei Köche ausgefallen.«

»Ich mach's kurz«, sagt Nicolai. »Ich kann dir ein Objekt für ein kleines Restaurant anbieten. Es kann ganz nach deinen Wünschen ausgebaut werden, und die Pacht wäre ... wäre extrem niedrig und unbegrenzt gleichbleibend.«

»Das ist ... Mensch, Nicolai. Das ist ... kein Flachs? Du hast da tatsächlich was für mich?«

»Ich wollte es ursprünglich selbst nutzen, muss aber umdisponieren. Ich würde mich freuen ...«

»Mensch«, sagt Hirst. »Mensch, mir verschlägt's die Sprache. Freuen? Ich spring gleich in die Luft! Es ist nur ... ich bin total perplex. Mensch, Mensch, Nicolai.« Er muss schlucken. »Ich ... ich müsste es aber dann noch detaillierter wissen, ist klar, und vor allem ... wo ist die Location?«

7   Die Sonne verblasst, der Himmel bleibt noch hell, ist leicht bewölkt. Unter dem Blätterdach der beiden Apfelbäume haben sich Hanna und Nicolai von Mirela diverse Vorspeisen servieren lassen, angeliefert von Butter Lindner.

Nicolai entkorkt eine Flasche Riesling.

»Du hast Feierabend, Mirela«, sagt Nicolai. »Geh aus, vergnüg dich.«

»Danke, aber mir ist nicht danach.«

»Hab ich dich zu sehr beansprucht?«, fragt Hanna.

»Nein, nein, überhaupt nicht. Entschuldigung, ich hab einfach keine Lust. Ich schaue ein bisschen fern. Ich räum dann ab, wenn Sie hier draußen fertig sind.«

Sie geht zum Haus zurück.

Flache Schuhe und dunkle Jeans, aufrechter Gang.

Nicolai blickt ihr nach.

»Erinnerst du dich an unser erstes gemeinsames Wochenende?« Er wendet sich wieder Hanna zu. »Kopenhagen, das Fischrestaurant.«

»Wie könnte ich das vergessen.«

»Würde es dir gefallen, nächste Woche ein langes Wochenende in Kopenhagen zu verbringen?«

»Das ist ... das wär wunderbar.«

Nicolai hebt sein Glas und stößt mit ihr an.

»Ich hab da allerdings ein, zwei Termine«, sagt er. »In Vertretung deines Vaters«, fügt er schnell hinzu.

Hanna lässt sich einen Moment Zeit.

Schweigt. Sieht hoch in die Baumkrone.

»Nico«, sagt sie dann. »Ich habe nie groß danach gefragt, welche Geschäfte du mit meinem Vater machst, welche Absprachen ihr habt und wer dabei von wem profitiert. Ich weiß nur, dass nicht alles rechtens ist. Ich kann damit leben, aber das ist … das ist eine andere Geschichte. Jetzt aber fliegt Vater praktisch von einem Tag auf den anderen nach Ecuador, und du hast was für ihn in Kopenhagen zu tun. Um was geht es dabei, Nico? Diesmal – diesmal möchte ich es wissen. Sonst musst du allein fahren.«

Nicolai nickt. Es ist ein zustimmendes Nicken.

Er schiebt seinen Teller beiseite und zieht den Ascher heran.

Nickt noch einmal und präpariert seine Cohiba. Zündet sie an, bläst Rauchringe in die Luft.

»Du hast recht«, beginnt er. »Du hast völlig recht. Dein Vater … dein Vater hat mich von Anfang an unterstützt, mir Möglichkeiten geboten, meine Projekte zu finanzieren. Er hat es dir zuliebe getan. Er wollte gutmachen, was er … was er bei deiner Mutter versäumt hat – für sie da zu sein, sich um sie zu sorgen. Das hat er nicht gepackt … egal, ich nehm ihm jetzt ein paar lästige Verhandlungen ab.«

»Das ist keine Antwort, Nico. Danach habe ich nicht gefragt.«

»Wir sollten es aber dabei belassen. Mehr kann ich dir im Moment wirklich nicht sagen, und glaub mir, es ist nur zu deinem Besten.«

8   Unger bleibt überrascht auf der Schwelle zur Küche stehen, sieht eine Edeka-Tüte, sieht Lebensmittel auf der Arbeitsplatte, sieht Sylvia. Sylvia in einem bunt bedruckten Top und Shorts.

Sie hackt Zwiebeln. In einem Sieb tropfen Champignons aus der Dose ab.

»Du hast eingekauft?«

»Grüß dich.« Ein flüchtiger Blick. »Ich hatte Lust auf Kochen. Kümmerst du dich um den Wein? Ich hab den Tisch schon gedeckt.«

»Ich bin … ich … ja, natürlich. Du möchtest sicher Weißwein.«

»Auch roten, ist mir egal.«

»Dann … okay.« Unger zieht seine Jacke aus. Er geht auf die Gästetoilette. Sein Herz klopft wie verrückt. Wie vor dem ersten Date. Damals … damals vor acht Jahren hat er es einfach nicht fassen können, dass diese Frau, dass Sylvia, dass *die* Sylvia *Ja* zu seiner Einladung sagt. Der Beginn einer von ihm als rein und wahrhaftig empfundenen Liebe.

Er gibt sich einen Ruck, wirft sich eine Handvoll kaltes Wasser ins Gesicht, betrachtet sich im Spiegel. Was er sieht, ist so weit in Ordnung. Wird auch wieder.

Aufrecht stolziert er in das Wohn- und Esszimmer, hell und durchlässig eingerichtet, öffnet den Rioja, füllt ihn in eine Karaffe. Er schiebt die große Tür zur Terrasse auf.

Auf dem Nachbargrundstück wird gegrillt. Kinder juchzen, und von irgendwoher ist Abba zu hören. Er möchte jubilieren, er möchte lachen, freudig lachen, er möchte tanzen, so glücklich ist er. Als

Sylvia mit dem Essen kommt, schenkt er den Wein ein.

»Sylvie«, sagt er. Es klingt feierlich.

»Ich hoffe, es schmeckt.« Sie schiebt ihm die Schale mit den dampfenden Spaghetti hin. »Ich bin nicht mehr in Übung.«

Unger sagt nichts dazu.

Die Pastasoße ist kaum gewürzt, aber Unger isst mit Appetit.

Er trinkt. Er trinkt schnell.

»Ich habe einige Zeit gebraucht«, setzt Sylvia an, »wir haben ja schon kurz darüber gesprochen, ich werde den Salon schließen. Margit tut sich damit schwer, aber ich muss an mich denken.«

»Ja«, sagt Unger. »Ja, das ist bestimmt gut. Gut für dich und … und auch für uns. Für unser Leben. Finanziell kommen wir allemal hin.«

»Du musst nicht für mich sorgen.« Sie legt das Besteck aus der Hand, tupft ihre Lippen ab. »Ich werde allein zurechtkommen.«

»Aber das musst du doch nicht, das ist nicht nötig …«

»Ich will es«, sagt Sylvia. »Ich habe lange darüber nachgedacht. Ich werde mich von dir trennen, Matthias. Ich will keine Scheidung, und ich will auch kein Geld. Aber ich muss frei sein, frei von allen Verpflichtungen und …«

»Das geht nicht!«, platzt es aus Unger heraus. Impulsiv schlägt er auf den Tisch. Sein Glas fällt klirrend zu Boden, zerbricht. Eine Pfütze bildet sich.

Unger springt auf.

»Das kannst du nicht! Wie stellst du dir das vor? Ich racker mich für uns ab, gerade jetzt, und du …«

»Ich nehm eine Wohnung in der Stadt.«

»Nein, Sylvia, nein, das tust du nicht, das lass ich nicht zu!«

Sylvia steht ebenfalls auf.

»Willst du mich einsperren?«

DIE LOCATION

1   Eimsbüttel ist ein 3,2 Quadratkilometer großer Stadtteil von Hamburg. Er hat Parks, viele Grün-
flächen und von Bäumen gesäumte Straßen. Viele
preiswerte Altbauwohnungen, zwei bis vier Zimmer.
Alteingesessene leben Wand an Wand mit studen-
tischen WGs. Es gibt Copyshops, Waschsalons und
den Kiosk am Eck. Die Stadtschlachterei hat täglich
ein preiswertes Essen, Eintöpfe und Hausmannskost
für 'nen Fünfer. Beliebt sind auch der zuverlässig
schlecht kochende Italiener auf der Osterstraße und
der Karstadt-Imbiss mit dem soliden Bratwurst-und-
Pommes-Angebot. In nahezu jeder Straße ist eine
Kneipe. Verkehrsmäßig ist Eimsbüttel bestens vernetzt. Mehrere Buslinien und die zu Hagenbeck füh-
rende U-Bahn.

Der Stadtteil ist die Hochburg der Grünen.

Sie stellen im schwarz-grünen Senat den inkompe-
tenten und auch ansonsten überforderten Justizse-
nator. Innensenator ist ein primär um die Sicherheit
seiner Villa besorgter CDUler.

Die SPD zerfleischt sich in Grabenkämpfen. Es ist
eine linke und eine rechtskonservative Fraktion, die
sich gegenseitig der Manipulation und des Partei-
kassenbetrugs bezichtigt.

In Hamburg bleibt alles wie seit Jahren schon, verfilzt und korrupt.

2   Pjeter parkt den Range Rover vor dem nach wie vor abgesperrten Eimsbütteler Dancing Club. Halb auf dem Bürgersteig.

Er steigt gemeinsam mit Nicolai aus.

Ein Stück weiter rangiert Martin Hirst seinen Zweisitzer in eine Parklücke. Er winkt Nicolai zu.

»Du bleibst beim Wagen«, sagt Nicolai zu Pjeter. »Es kommt noch jemand. – Gabler.«

»Gabler«, bestätigt Pjeter.

»Der Mann vom *Express.*«

Nachdem Nicolai und Hirst sich knapp, aber herzlich begrüßt und die Ruine betreten haben, geht Pjeter die paar Schritte zu dem Baum, an dem ein Plakat der Polizei befestigt ist.

Wer hat George E. noch nach Ostern gesehen?, ist über einem undeutlichen Foto zu lesen.

Pjeter reißt es ab, zerknüllt es und stopft es in die Abfalltonne.

Er versteht nicht, wie die Leiche des Arschlochs hochgeschwemmt werden konnte. Er hat ihm einen Kanaldeckel um den Wanst geschnürt.

Er ruft Kristina an. Sie ist in der Arztpraxis, ist trotz der frühen Zeit schon gestresst. Pjeter beschränkt sich darauf, zum Wochenende einen Ausflug zum Badesee in Aussicht zu stellen. Nach Wetterlage.

Gabler fährt in einem Taxi vor. Perfekt gekleidet, wie einem Herrenmagazin entstiegen.

Pjeter macht eine Geste zum Eingang hin. Doch Gabler betrachtet erst einmal die Fassade des ausgebrannten Clubs. Er ist nicht sonderlich angetan.

»Würde ich komplett abreißen und neu bauen«, sagt er unumwunden, als er zu Nicolai und Hirst stößt.

»Sagt unser Stararchitekt. – Wie viel Häuser hast du denn schon gebaut?«

»Ich hab für so was einen Blick.«

»Dann sieh dir mal den Grundriss genauer an. Die tragenden Wände sind absolut okay, die Raumeinteilung ist ideal. Gastraum für circa dreißig Personen – Martin will ein *kleines* Restaurant auf hohem Niveau. Für Eimsbüttel ein Knaller, das garantier ich.«

»Mit der Küche könnte es allerdings eng werden«, wirft Hirst ein.

»Erweitern wir nach hinten raus.« Nicolai demonstriert es mit weit ausholenden Gesten. »Und hier bauen wir eine Stahltür ein. Der Lieferanteneingang. Direkt zum Parkplatz, zeig ich euch gleich. Von da kann die Ware gleich ins Kühllager gereicht werden.«

Sie sind im Freien, stehen im von einer mannshohen Mauer umgebenen Innenhof, Platz für zehn eng geparkte Fahrzeuge.

»Top«, sagt Hirst. »Der Deal steht.«

»Deal«, sagt Nicolai und schlägt ein. »Ich lass gleich nächste Woche eine Baukolonne anrücken.«

»Gratuliere«, sagt Gabler. Er zündet sich ein Zigarillo an. »Zur Eröffnung berichten wir dann groß über dich. *Drei Sterne über Eimsbüttel.*«

»Zwei«, korrigiert Hirst.

»Klingt aber nicht so gut.«

Nicolai klatscht in die Hände.

»Ich muss am Wochenende nach Kopenhagen. Habt ihr Zeit? Habt ihr Lust? Bisschen Spaß haben bei den Dänen?«

Hirst ist sofort dabei.

Gabler zögert.

»Was ist mit Matthias?«, fragt er.

3   Matthias Unger steht auf der Veranda seines Hauses. Neben ihm auf einem Gartentisch eine angebrochene Flasche Whisky, ein bereits überfüllter Ascher und mehrere Zigarettenschachteln.

Unger trinkt aus einem bis zum Rand gefüllten Tumbler. Er raucht.

Seine Augen sind gerötet. Sein Blick ist glasig.

Er schwankt ein wenig.

Ein Taxi hält vor dem Haus.

Die Haustür fällt ins Schloss.

Sylvia geht zum Taxi, eine prall gefüllte Reisetasche geschultert.

»Nein«, murmelt Unger vor sich hin. »Nein«, sagt er lauter, schreit es und schleudert ihr das Glas nach. »Das ist noch nicht das Ende! So nicht! Das schwör ich dir!«

4   Ivo ist auf seinem Posten am Ende der Waldstraße. Hat den Blick auf Pohlmanns Einfamilienhaus. Es ist Samstag, der Samstagnachmittag. Vor einigen Häusern werden die Wagen gewaschen. Die Familienkutschen. Aus den Autoradios dudelt der NDR. Der Klangteppich zum Wochenende.

Ivo hat die Seitenfenster des zum Verkauf stehenden unauffälligen Ford Escort aus Lucians Angebot heruntergelassen, raucht und trinkt Coke.

Seine Gedanken schweifen zurück. Zurück zu diesem einen Tag ...

Er wird wach und fühlt sich, als hätte er keine Minute geschlafen, schwer und noch dicht an den Bildern der Nacht. Der Spieltisch, die Karten, der Pott.

Der Türke schiebt seine Rolex zu den Geldscheinen. Geht mit.

Der Wichser. Der krumme Hund.

Er setzt ein Imitat ein.

Das kann man ihm nicht durchgehen lassen. Es sei denn, er spuckt aus, woher er das Teil hat.

Sein Handy tönt. Es ist der Heizöllieferant. Er kommt mit seinem Tank nicht auf den Hof der Disco. Das Tor ist verschlossen.

Ivo stöhnt gequält, sichert zu, sich zu beeilen.

Er hasst Tage, die so beginnen.

Der Mann stellt sich als hirnloses Arschloch heraus. Labert nur Scheiße. Er darf nicht in seiner Nähe bleiben. Sonst würde er ihm den armdicken Ölschlauch durch die Fresse ziehen.

Er telefoniert.

Einmal damit angefangen, arbeitet er die Liste der letzten Tage ab.

Die Brauerei. Der Getränkegroßhandel. Seine Leute.

Er verdonnert sie, früher zu erscheinen.

Er erinnert die Nummer der Tante vom Ordnungsamt nicht mehr.

Weiß nicht, wen er fragen kann.

Versucht, Nicolai an den Apparat zu bekommen.

Nicolai ist unterwegs. Hat einen Termin.

Hanna erinnert ihn an Davids Geburtstag. Kristina würde sich freuen.

Er reagiert wortkarg.

Er mag Hanna, aber mit ihrer Meinung über Kristina liegt sie total daneben. Kristina denkt nur an sich, ist raffgierig und hundsgemein.

Es ist schon weit nach Mittag, als er endlich zu seinen Jungs stößt.

Zur Frühstücksrunde im gutbürgerlichen Harvestehuder Café. Bei Rührei, Bacon. Croissants. Lachs, Beluga und Schampus. Einer hat immer irgendein Mädel dabei, und unter Kollegen kann man gönnen.

Kurz mal nach hinten durch auf die Toilette. Zu Baby Blue.

Diesmal bleibt er nicht lange.

Er muss noch bei Lucian den hochtourigen Wagen abholen.

Der Türke erwartet ihn. Kommt mit den letzten Infos rüber.

Amsterdam. Centraal.

Ein fetter Chinese.

Als er schließlich bei Kristina erscheint, ist es später Abend. Ein Herbstabend. Dunkel und nasskalt. David schläft schon. Ein Geschenk für ihn hat er vergessen. Er knallt Kristina einen großen Schein hin. Für das gewünschte Skateboard und überhaupt. Im Wagen muss er erst mal einen durchziehen, tief inhalieren. Schiebt die AC/DC-Scheibe rein, brettert mit *Can't Stand Still* in Richtung Holland, um für einen Spottpreis fünfzig Rolex-Imitate einzusacken. Und kein Gedanke mehr an den Jungen. An David.

... Ivo presst die Coladose zusammen, wirft sie hinter sich in den Fond. Bei Pohlmann tut sich was.

Ein alter Mercedes fährt vor, schlingert.

Der Fahrer hupt. Fahrer oder Fahrerin?

Ivo kann es nicht erkennen. Er startet seinen Wagen.

Noch einmal wird gehupt. Anhaltender.

Pohlmann kommt aus dem Haus gestürmt. In der einen Hand ein Paar grüne Gummistiefel, in der anderen einen blauen Hefter. Er hält ihn hoch, wedelt damit.

Er steigt in den Mercedes. Hat kaum den Schlag zugezogen, als der Wagen schon Fahrt aufnimmt.

Erhöhte Geschwindigkeit im Wohnbereich.

Ivo hängt sich an ihn dran.

Die Fahrt dauert nicht lange. Schon nach knapp zehn Minuten endet sie für den Mercedes vor einem Schlagbaum.

Ivo kann gerade noch in einen Waldweg abbiegen, bleibt außer Sichtweite.

Er schleicht sich durch den Tannenwald heran.

Er sieht, dass Pohlmann und der männliche Fahrer ausgestiegen sind und sich Gummistiefel anziehen. Sie marschieren los. Der Weg ist extrem matschig.

Ivo sieht auf seine teuren Treter. Maßgefertigt. Er flucht.

Er sieht auf die Uhr.

Es ist kurz vor drei.

Die beiden Männer stapfen weiter voran.

Pohlmanns Begleiter geht schwer und schleppend, wischt sich mit einem Tuch über Stirn und Schädel. Hat nur noch wenig Haare.

Eine Lichtung wird sichtbar.

Sie ist eingezäunt.

5   Nicolai, Gabler und Hirst warten an Gleis dreizehn auf den Zug nach Kopenhagen. Sie haben nur kleines Gepäck dabei, aber einen großen Pick-nickkorb, echt englisches Produkt. Hirst hat ihn mit Snacks und Schampus für die Fahrt gefüllt.

Nicolai gibt Pjeter letzte Anweisungen.

»Fahr Hanna mal raus. Mit Mirela, versteht sich. Altes Land ist immer gut. Vielleicht ist ja der Herr Papa auch schon zurück, am liebsten wäre mir, er käme allein.« Er lacht fröhlich.

»Wenn's Wetter so bleibt«, sagt Pjeter.

»Wird es«, sagt Gabler.

Nicolai hebt den Daumen.

Der Zug fährt ein.

6   Mirela öffnet die Tür.

Dragon steht vor ihr, schlenkert die Arme, grinst.

»Nicolai erwartet mich«, sagt er.

»Nein«, sagt Mirela. »Nicolai ist verreist.«

»Na so was aber auch. Das kann ich jetzt echt nicht glauben. – Ey, wir haben was zu besprechen.«

»Tut mir leid, aber ...«

»Dann plaudern *wir* ein bisschen.« Er will sich an Mirela vorbei ins Haus drängeln. Mirela stößt ihn zurück.

Dragon schüttelt vorwurfsvoll den Kopf. Sein Arm schnellt vor, sein Finger zielt auf ihr Gesicht.

»Vorsicht! Vorsicht, sag ich. Das ist Nicolais Haus, das gehört uns, der Familie, der ganzen Familie, ist unser Geld, und du ...«

Mirela ist schon beiseitegetreten.

»Bitte«, sagt sie. »Sie können Frau Radu fragen. Ich sag ihr Bescheid.«

»Du tust gar nichts«, sagt Dragon. Er schubst sie. Er schubst sie vor sich her.

Dragon tänzelt vor Mirela herum, er schmeichelt ihr, er sülzt sie voll. Er merkt nicht, dass hinter ihm Pjeter herantritt, stehen bleibt und sein affiges Gehabe kurze Zeit mit ansieht.

»Okay«, sagt Pjeter dann. »Ende der Vorstellung. Verpiss dich!«

Dragon schnellt zu ihm herum.

»Pjeter ...!«

»Ich denke, ich habe dir was erklärt.«

»Ey, ey!«, wiegelt Dragon ab. »Kein Problem, das verstehst du falsch.«

»Ich versteh falsch? Du meinst, ich bin bescheuert?« Pjeter holt blitzschnell aus und scheuert Dragon eine.

Mirela zeigt keine Reaktion, steht stocksteif da.

Dragon reibt sich die Backe. Fassungslos starrt er Pjeter an.

»Das ... das zahl ich dir heim! Ich ... ich mach dich fertig, Nicolai jagt dich zum Teufel, das ist mein Onkel, mein Onkel, wir sind von einem Blut!«

Pjeter schnaubt verächtlich.

»Du redest Scheiße, du redest nur Scheiße!«

»Das wirst du schon sehen!« Dragon trumpft auf: »Ich werde Chef, mein eigener Chef und auch deiner! Ich hab Kommando! Pass auf, wirst du schon sehen ...!«

Pjeter lacht.

»Hau ab! Verpiss dich!«

Dragon stakst rückwärts zur Tür, reckt auf dem letzten Meter Pjeter die Faust entgegen, ist dann wieselflink aus dem Haus.

»Danke«, sagt Mirela.

Sie tritt an Pjeter heran. Dicht heran. Sieht zu ihm auf.

Ihre Lippen sind leicht geöffnet. Sie atmet schwer. Ihre Brüste heben sich. Es scheint eine Ewigkeit zu sein, aber es ist nur der Bruchteil einer Sekunde.

Pjeter zieht sie an sich, küsst sie hart und fordernd.

7   Der Abend bricht an. Sylvia steht am Fenster der Barmbeker WG-Wohnung ihrer jüngeren Schwester Christiane. Der Wohnung, die Christiane allein nicht mehr zahlen kann. Noch hat sie keine Alternative. Noch denkt sie oft an ihre tödlich verunglückte Mitbewohnerin. Und an diesen unangenehmen Mann. Verstärkt durch die Zeitungsmeldung über den toten Ghanaer. George E. Einen Dealer. Hat er in dem Club gearbeitet? War er Stefanies Kollege? Ihr Lover? Sie weiß es nicht, und sie weiß auch nicht, mit wem sie darüber reden kann.

Die Polizei schließt sie aus. Aus grundsätzlichem Misstrauen.

Sie öffnet eine Flasche Wein, schenkt ein.

Sylvia nimmt das Glas entgegen. Sie bleibt am Fenster stehen, schaut hinaus.

»Danke«, sagt sie. »Ich find so schnell nichts.«

»Du hast Glück. Das Zimmer ist frei. Meine Mitbewohnerin ist … sie ist verunglückt.«

»Das tut mir leid. – Ich hab oft an dich gedacht.«

Christiane lacht. Es klingt falsch.

»Du musst mir nichts vormachen. Sag mir nur ehrlich, was passiert ist.«

»Das ist eine lange Geschichte«, sagt Sylvia.

»Wir haben Zeit.«

Sylvia sieht wieder aus dem Fenster, hält Ausschau. Es fällt ihr schwer zu reden.

»Das … das hat sich allmählich entwickelt«, sagt sie. »Über die Jahre. In den letzten Jahren. Seit Matthias … anfangs war er für mich so ein ruhiger Pol, ein Halt, so was total Solides. Das hatte ich ja auch gesucht, das brauchte ich damals. Ich war durch den Beruf in einer schweren psychischen Krise, ehrlich, das weißt du doch noch. Diese Reisen, die ständige Präsenz, die Anspannung und … und die nächtelangen Partys. Matthias … er hat mir gutgetan, dafür bin ich ihm auch dankbar.« Sie schluckt. »Okay. – Okay. Aber dann … es blieb dann einfach so, es passierte nichts mehr – nichts! Nichts Spontanes, nichts Lebendiges. Ich fühlte mich mehr und mehr wie eingefroren.« Noch ein Blick aus dem Fenster. »Matthias hat seinen Ortsverein, seine Pokerrunde, und ich … ich saß zu Hause rum und hab die Wände angestarrt. Mir wurde das alles zu eng.« Sylvia nagt kurz an ihrer Lippe, befeuchtet sie. Vergewissert sich noch einmal, dass draußen nicht doch jemand herumschleicht, ihr auf der Spur ist.

»Ich weiß nicht, ob du das verstehst.«

»Man kann aber auch was tun.«

»Ach, Chrissie, das ist ja nicht alles. Matthias ... Matthias war nie der tollste Liebhaber. Er war lieb, ja, ein Kuschelbär, aber mehr ... da gab es keine Leidenschaft, kein Verlangen, und das ... es wurde alles so dumpf, so trist. Das bringt dich um!«

Christiane schnaubt.

»Und da haust du ab.«

»Ich musste mich einfach wieder spüren können, das Leben spüren! Was Neues, Unbekanntes, Überraschendes! Auch wenn es ... wenn es vielleicht mal total kippt.«

»Wie – kippt?«

»Ich musste weg, weg von ihm, einfach nur weg.«

Christiane schüttelt den Kopf.

»Hast du es ihm wenigstens erklärt?«

»Das ging nicht.«

Christiane sieht ihre Schwester an, die große Schwester. Sie wartet auf mehr. Aber Sylvia schweigt, blickt auf einen imaginären Punkt an der Wand.

DIE QUELLE

1   Rechtzeitig vor dem vereinbarten gemeinsamen Frühstück im Kopenhagener Fünfsterneho-
tel Nyhavn steigt Nicolai in ein Taxi. Er nennt eine
Adresse in Vesterbro. Der Fahrer ist angenehm
schweigsam. Ein grauhaariger Mann, schwarze Knopf-
augen. Aufmerksam, wach. Er fährt zügig. Er lässt
dem Pulk der morgendlichen Radfahrer genügend
Raum.

Es ist ein herrlich sonniger Morgen, die Stadt wirkt
auf Nicolai wie blank geputzt.

Nach der Fahrt durch letztlich viele schmale Straßen des alten Arbeiterviertels hält der Fahrer vor einer Toreinfahrt zu einem Coffeecontor.

Nicolai zahlt dankend mit einem großen Schein.

Der Fahrer fragt, ob er warten soll.

»Okay«, sagt Nicolai erfreut. »Good, very good. Ten
minutes.«

In dem Laden ist es dämmrig. Eine seiner Schwester
Valea verblüffend ähnlich sehende Frau begrüßt ihn.
Sie hat ihn erwartet.

Nicolai weist sich dennoch mit der Visitenkarte
des ecuadorianischen Diplomaten aus. Er erklärt
das Prozedere und teilt seine Handynummer mit.
Das Finanzielle ist schnell geklärt. Nicolai ist versucht, der Frau zum Abschied auf die Wangen zu
küssen.

2   Ivo wartet bereits seit einer Viertelstunde im Winterhuder Forum. Dann endlich tritt Kristina aus der Fahrstuhlkabine, ganz in Arzthelferin-Weiß gekleidet, Polobluse mit Namensschild und Stretchhose. Bei seinem Anblick bleibt sie stehen, schüttelt genervt den Kopf.

»Was willst du? Mir wieder einen beitun? Scheiß Mutterschlampe oder was …?«

»Ich hab nachgedacht.«

»Nachgedacht? Oh, Mann! Ich hab knapp 'ne halbe Stunde Mittag und echt keinen Bock. Lass es, Ivo. Lass es einfach bleiben. Es ist, wie es ist. Ich …«

»Ich habe 'ne Menge Scheiße gebaut, Tina, große Scheiße.« Er sieht sich kurz um. »Trinken wir 'n Kaffee? Bitte – es ist mir wichtig.«

Kristina hebt die Augenbrauen, mustert ihn kritisch.

Zeit vergeht, gefühlt unendlich langsam und zäh.

Kristina sieht auf die Uhr.

»Na gut«, sagt sie schließlich.

Sie gehen in die Bäckereifiliale, Ivo bestellt Kaffee, zahlt mit einem großzügigen Tip.

Sie setzen sich in die hintere Nische.

Kristina wartet noch einen Moment.

»Ich haue ab«, sagt Ivo. »Ich gehe weg aus Hamburg.«

»Und?«

»Du sollst nur wissen, dass ich kapiert habe. Dass ich auf dich keinen Hass schiebe.«

»Wie kommt's?«

»Du warst für unseren Jungen da«, sagt Ivo. »Ich war's nicht, keine Frage. Vielleicht wär's sowieso mit ihm aus dem Ruder gelaufen, aber ich hätte mit ihm reden können.«

»Du bist nicht gerade 'n Vorbild.«

Ivo nickt. Er nimmt einen Schluck Kaffee.

»Bin ich nicht, und auch kein großer Redner. Aber wenn wir –« Er sieht sie an, lächelt ein verhaltenes Lächeln. »Wenn wir zusammengeblieben wären, hättest du weniger Stress mit ihm gehabt. Eigentlich hatten wir doch 'ne ganz gute Zeit.«

Kristina lacht.

»Lass stecken, Ivo. Es ist okay, find ich gut, ehrlich. Wir müssen uns zumindest nicht mehr fetzen. Du bist ja auch … wo willst du denn hin? Weg aus Hamburg …?«

3   Sie sind am späten Abend zurück. Nehmen bei Nicolai noch einen letzten Drink. Nicolai will Hanna nicht mehr wecken, trinkt allein noch einen weiteren, dreistöckigen Whisky.

Er geht zu Bett, schläft schlecht.

Von innerer Unruhe getrieben ist er schon um fünf Uhr morgens hellwach. Er verzichtet auf Laufband und Dusche, versorgt sich mit ein paar Dosen Cola und trabt hoch in sein Büro.

Er öffnet die Fenster und betrachtet, eine erste Zigarette rauchend, im fahlen Morgenlicht das Daniel-Richter-Gemälde. Es belebt ihn immer wieder neu, es kräftigt ihn.

Große Freiheit. Big Life. Alles ist möglich, tagtäglich.

Damals, jetzt und immerdar.

Er fährt seinen PC hoch und prüft die Finanzen. Zieht eine Bilanz. Es sieht gut aus. Er notiert in sein kleines schwarzes Buch, was in den nächsten Tagen alles noch zu erledigen ist.

Sichtet Liegengebliebenes. Beantwortet Mails.

Um acht Uhr erscheint Pjeter, offenbar bester Laune. Er berichtet von seinem Ausflug mit Hanna und Mirela. Blankenese, Wedel, Willkomm Höft. Schiffe begrüßen, auch das U-Boot aus der Schweiz. Ha-ha! Nationalhymnen hören, Sahnetorte und Kaffee zu einem Schweinepreis, aber egal. Beide Frauen überglücklich.

»Was ist mit Ivo?«, fragt Nicolai.

»Hat sich nicht blicken lassen.« Er stockt. »Überhaupt null Besuch«, ergänzt er dann.

Nicolai weist auf den Festnetzapparat.

»Ich hab Kristina auf der Box, sie fragt nach ihm. Will irgendwas vergessen haben. Wo steckt der Bursche?«

»Keine Ahnung.«

»Er sollte diesen verkackten Pohlmann im Auge behalten, auch am Wochenende. Gerade am Wochenende.«

»Wird er dann wohl auch.«

»Und warum hör ich nichts von ihm? Es ist Dienstag. Oder irre ich mich?«

Pjeter spürt bei Nicolai schlechte Laune aufkommen.

»Gibt's was Dringendes? Sonst würde ich ...«, sagt Pjeter in dem Bemühen, einen lässigen Abgang hinzukriegen.

4   »Du schläfst mit ihm«, sagt Hanna. Sie ist mit Mirela an Bord der Elbbarkasse, schaut zur Radu-Villa rüber, zu ihrem Zuhause. Sie sind auf der Fahrt zum Jungfernstieg, ein Geschenk für Valea kaufen, zu ihrem Geburtstag, niemand weiß genau, der wievielte es ist.

»Da ist nichts weiter.«

»Es wäre gut, wenn niemand sonst davon wüsste. Ich fände es schade, wenn du gehen müsstest.«

»Es tut mir leid. Es ging nicht von mir aus.«

»Das zählt für Nicolai nicht. Es würde euch beide treffen.«

Mirela schweigt.

»Er hätte recht«, sagt sie nach einer Weile.

Hanna greift nach ihrer Hand.

»Ich bin wirklich sehr froh, dich um mich zu haben. Nicolai hat ... er hat im Moment viel zu tun. Und er ... es ist dann nicht gerade leicht mit ihm.«

»Das glaube ich.«

»Er ist nicht immer so«, sagt Hanna. Sie zeigt zum Ufer. »Siehst du das Hotel? Da trifft er sich regelmäßig mit Freunden. Wir werden da nachher unseren Tee trinken.«

5   Ivo präsentiert Nicolai die Fotos auf seinem iPhone. Pohlmann beim Betreten der Bank. Mit der von ihm Sylvia genannten Frau. Eine intim wirkende Situation. Sein Einfamilienhaus. Der vorgefahrene Mercedes. Pohlmann und der nicht zu erkennende Fahrer in Gummistiefeln. Ein Schild »Betriebsgelände«.

»Da wird gebohrt«, erklärt Ivo. »Ich hab mich um- gehört. Das sind Italiener, die auf das Quellwasser für ihre Limonadenproduktion aus sind. Kommt bei den Leuten in der Gegend nicht gut an.«

Nicolais Gesicht ist wie versteinert, eine Maske. Seine Rechte zuckt.

»Ich weiß«, sagt er tonlos.

»Du weißt ...?«

»Ich hab davon gehört. Ein italienisches Konsor- tium. Alles andere kann ich mir zusammenreinem. Liegt auf der Hand.« Er steht von seinem Schreibtisch auf und stellt sich ans Fenster. Blickt über die Alster, schüttelt mehrfach den Kopf.

»Dieser Hund, dieser hinterfotzige Dreckskerl.« Er lacht ein bitteres Lachen. Ivo versteht nicht. Er fragt.

»Später«, sagt Nicolai. »Bleib im Haus und sag auch Pjeter Bescheid. Ich muss das sacken lassen.«

Pjeter kommt zu Mirela in die Küche. Er vergewissert sich, dass sie allein ist, umarmt und küsst sie.

Mirela erwidert seine Küsse.

Als er sich von ihr löst, zieht er ein iPhone aus der Tasche.

»Ich hab dir alle wichtigen Nummern gespeichert, okay? Halt's immer bei dir.«

Mirela nimmt es entgegen.

»Nur deinetwegen«, sagt sie.

Pjeter wiegt den Kopf, lächelt.

6   Matthias Unger trägt über seiner Unterwä- sche einen Hotel-Adlon-Bademantel, seine nackten

Füße stecken in Flipflops, sein Gesicht ist aufgedunsen, er ist seit Tagen nicht rasiert, er schwitzt, er raucht, ist absolut im Arsch.

Unger kramt im Kühlschrank herum, stopft eine Scheibe rohen Schinken in sich hinein, noch eine und noch eine. Er kaut und schluckt hastig, muss husten, muss pissen.

Er pinkelt an die Heizungsrippen.

Rülpst und lacht dröhnend.

Aus dem Flur ist das Klingeln des Telefons zu hören.

Er lässt es klingeln. Der Anrufbeantworter schaltet sich ein.

Unger schreckt zusammen, als er Nicolais Stimme hört.

Sie klingt zornig.

»Wo steckst du?! Melde dich gefälligst. Ich hab mit dir zu reden. Ich bin mobil zu erreichen.«

DER BREAK

1   Drei Tage später, am Freitag in den frühen Morgenstunden, verlässt Nicolai Radu den Loft seiner Schwester Valea und fährt mit dem Wagen durch die noch menschenleere Stadt in den Harvestehuder Weg. Er hat einige von Valea abgerufene Ausdrucke dabei. In der Küche seines Hauses bereitet er sich selbst ein einfaches Frühstück zu und wartet, dass Pjeter erscheint. Er hat Aufgaben für ihn.

2   Matthias Unger geht erst gegen zehn aus dem Haus und macht sich auf den Weg zu seiner gut fünfzehn Minuten entfernt liegenden Reinbeker Anwaltskanzlei im Erdgeschoss einer alten Villa. Die Sonne steht schon hoch am Himmel. Unger bricht der Schweiß aus. Er lockert die Krawatte, knöpft den Kragenknopf auf. Irritiert stellt er fest, dass er sich offenbar nicht rasiert hat.

Er wischt sich den Schweiß von Stirn und Schädel, steigt die Steintreppe zur Haustür der Villa hoch.

Schließt auf.

Der Schlüsselbund fällt ihm aus der Hand. Er setzt seinen Fuß in den Türspalt, geht in die Knie und schafft es mit großer Mühe, die Schlüssel an sich heranzuziehen und aufzuheben.

In seinem Büro lässt er sich schwer in seinen Chefsessel mit hoher Rückenlehne fallen, atmet durch und setzt eine Lesebrille auf. Er nimmt eine Akte vom Stapel, betrachtet sie widerwillig.

Sein Blick fällt auf das postkartengroße Foto im Silberrahmen.

Das Hochzeitsfoto.

Beim Verlassen des Standesamtes aufgenommen.

Matthias Unger im dunkelblauen Einreiher, eine rote Nelke im Knopfloch. Sylvia in einem hellen Kostüm, kurzer, enger Rock, High Heels. Ein Spalier von einem Dutzend Ortsvereinsmitglieder, allesamt mit roter Nelke: *Wann wir schreiten, Seit' an Seit'* ...

Unger summt es. Es klingt scheußlich.

Unger lacht ein böses Lachen.

Er zieht das Foto näher zu sich heran, schiebt die Brille nach oben und kneift die Augen zusammen. Hinter Sylvia und ihm ist der Kopf einer Jugendlichen zu sehen.

Es braucht Zeit.

»Christiane!« Unger schlägt sich an die Stirn. »Christiane!«

Er lässt sich in den Sessel zurückfallen. Er belebt sich.

3 Ivo entdeckt seinen Kumpel Victor auf dem Hinterhof des Blue Sky. Der Bantamgewichtler entsorgt prall gefüllte Müllsäcke. Der Mann ist bestens gelaunt, begrüßt Ivo mit großem Hallo und Tamtam. Er tänzelt vor ihm herum, kann nicht still stehen. Ivo bietet ihm eine Zigarette an.

»Bist du sauber?«, fragt er.

»Drogen?«

»Das auch. – Fahrzeugmäßig.«

»Keine Zettel, null Punkte«, sagt Victor. Er grinst. »War immer schneller als die Bullen.«

»Das wollte ich hören«, sagt Ivo. Er nimmt wahr, dass hinter ihm jemand den Hof betritt, dreht sich um.

Dragon kommt herangeschlappt.

»Ich melde mich«, sagt Ivo zu Victor. Zu Dragon hin hebt er grüßend die Hand. »Alles klar im Laden?«

»Machst du auf Kontrolle?«

Ivo lacht.

»Was sonst? Ist mein Job als Chef ...«

4 Die Bürotür fliegt auf, schlägt an die Wand. Unger zuckt zusammen.

Nicolai betritt den Raum, steckt Pjeter schnell noch die P8 zu.

Pjeter schließt behutsam die Tür, baut sich davor auf, verschränkt die Arme, macht ein finsteres Gesicht.

»Matthias«, sagt Nicolai und bleibt vor dem Schreibtisch stehen, gibt sich besorgt. »Matthias, was ist los mit dir? Wir hören nichts von dir, du rufst nicht zurück, wir machen uns Sorgen.«

Unger rührt sich nicht, glotzt nur.

Nicolai zuckt die Achseln, zieht einen Besucherstuhl heran.

Er setzt sich, nimmt eine seiner sauteuren Zigaretten aus dem Etui, zündet sie an, schlägt die Beine übereinander und bläst Rauchringe in die staubige Büroluft.

»Matthias«, setzt er neu an. »Ist es so ernst, dass du das Maul nicht aufkriegst? Ich bin hier, um mit dir zu reden. Ich bin sicher, dass du mir was zu sagen hast.«

Unger antwortet nicht. Er atmet schwer.

Nicolai wechselt mit Pjeter einen Blick, holt aus und schlägt krachend auf die Schreibtischplatte.

»Verdammt! Das ist kein Spaß! Ich bin sauer, Matthias, stinksauer! Was denkst du dir bei diesem scheiß Deal? Was ist in dich gefahren, mir – mir an den Karren zu fahren?!«

»Ich bin dir keine Rechenschaft schuldig!«, bricht es aus Unger heraus.

Nicolai hebt beschwörend die Hand.

»Wer sagt das? Wer spricht von Rechenschaft ...?«

»Ich habe alles Recht ... alles Recht der Welt, eigene Geschäfte zu tätigen. Das hat dich gar nicht zu kümmern.«

Nicolai wendet sich an Pjeter.

»Hast du das gehört, Pjeter? Als Freund hat man sich nicht zu kümmern. Er scheißt drauf ...«

»Ich sag, dass dich das nichts angeht ...«

»Nein«, unterbricht Nicolai ihn mit jetzt gefährlich leiser Stimme, »nein, das geht mich natürlich nichts an. Mich geht's nichts an, mit wie viel Kohle du bei welchem scheiß Unternehmen einsteigst. Ich hab von Hunderttausend gehört, das ist für diese windigen Italiener das Minimum. Egal. Ja, das ist mir egal, das ist mir scheißegal. Aber in dem Moment, Matthias, in dem Moment, in dem du Pohlmann mit auf deine Seite ziehst, ihn anmachst, ebenfalls in diese scheiß Limoproduktion zu investieren, und er mir den Hahn zudreht, pinkelst du auf meinen Rasen, auf mein ureigenstes Gebiet.« Er wird laut. »Ist dir das klar? Begreifst du das?!«

»Das ... das ist verrückt! Du bist hier nicht der große Zampano, du bestimmst nicht die Regeln ...«

»Ich zieh dir die Hosen runter, ich mach dich fertig!«

Unger hat sich gefangen.

»Dann mach mal, Nicolai, nur zu. Das möchte ich sehen! Dann stehst du nämlich genauso da.« Er stemmt sich aus seinem Sessel hoch. »Du kassierst von der Bank seit Jahren faule Kredite, jeden einzelnen von Pohlmann durchgewinkt, zu wem willst du denn damit gehen? Zur Polizei? Zur Steuerbehörde? Mit einer Selbstanzeige?«

Er lacht, kriegt sich nicht mehr ein.

Pjeter nähert sich ihm.

»Ich kann dich so was von allemachen«, faucht Nicolai. »Unterhalt dich mal mit Sylvia.«

»Sylvia?« Unger bleibt das Lachen im Hals stecken. »Was ist mit Sylvia? Was hat Sylvia damit zu tun?«

Nicolai zieht ein Handy hervor, wedelt damit dicht vor Ungers Gesicht herum.

»Das wirst du dann schon sehen.«

»Was denn? Was denn? Was ist das?«

»Frag sie.«

»Nico! – Ich ... ich weiß nicht, wo sie steckt.«

Nicolai winkt ab und nickt Pjeter zu.

»Mach ihm klar, dass er die Scheiße bei Pohlmann schnellstens einzurenken hat. Ich brauch frische Luft.

Ich erstick hier noch! – Bis dann, mein Freund. Tut mir leid, du bist ein dämlicher Arsch!«

Er verlässt das Büro.

Unger starrt ihm mit offenem Mund nach.

Pjeter wartet noch einen Moment. Dann tritt er dicht an Unger heran.

»Du weißt nicht, wo deine Alte ist?«, sagt er und schnappt zu. Hat Ungers Handgelenk im Griff. »Das kann ich einfach nicht glauben.«

Er presst Ungers Hand auf die Schreibtischplatte, hat in der Rechten die P8, holt mit dem Knauf zum Schlag aus …

5   Lucian hat zum dritten Mal Dragon auf dem Display. Er kann jetzt nicht mehr anders. Er nimmt den Anruf an.

»Du musst mit Nicolai reden!«, tönt Dragon. »Ich krieg ihn nicht zu sprechen. Ich muss wissen, wie es mit dem Club weitergeht. Den Schuppen hier hab ich langsam über, ich muss mich auch nicht von Ivo anpissen lassen.«

Lucian verdreht die Augen, schaut zum Himmel hoch.

»Mit welchem Club?«

»Verarsch mich nicht! Ihr quakt doch ständig miteinander! Dieser ausgebrannte Laden, den soll ich übernehmen.«

»Was willst du dann noch?«, fragt Lucian. Er macht vor seinem Wohnwagen ein paar Schritte. Er hat teuflisch viel zu tun. Einige Hundert Gebrauchtwagen für Lagos müssen verschifft werden. Er muss das selbst beaufsichtigen. Seine Leute fläzen sich unter dem Blätterdach der alten Kastanie, rauchen und kratzen sich den Sack.

»Ja, was?! Ja, was?! Wie ist der Stand? Ich will beim Ausbau mitreden!«, schreit Dragon. »Sonst wird das scheiße!«

Lucian hält das Handy von sich weg, überlegt einen Moment. Er lässt es eingeschaltet, legt es aber auf der Treppenstufe zu seinem Trailer ab. Marschiert zu seinen Leuten rüber.

6   »Unger knickt ein«, sagt Nicolai. »Der lässt die Finger von dem Limogeschäft.«

»Und du? Was unternimmst du?«, fragt Ivo. »Wie kommen wir raus aus der Nummer?«

Sie sitzen in dem von Nicolai als Bibliothek bezeichneten Raum im Parterre, altenglisch eingerichtet, Ledergarnitur, wuchtige Sessel und schmale Regale mit Buchattrappen. Großbildfernseher, Billardtisch und Bar. Protzig alles.

»Das Fass wird gar nicht erst aufgemacht«, sagt Nicolai. Er nimmt die Spielkarten auf, lässt sie ineinanderschnappen, mischt, teilt aus. Verdeckte Karten und eine offene. Sie geben ihren Einsatz, schieben die Chips in die Mitte des achteckigen Pokertischs.

»Wie soll das gehen?«

»Ich kann Unger plattmachen. Was er in seinem Ortsverein gemauschelt hat, der Deal mit Pohlmann, mit der Bank – geschenkt, da klebt ihm lediglich etwas Scheiße am Bein, das kennen die Leute, das ist auch schnell wieder vergessen.« Nicolai schaut auf seine Karten, seine Mimik verrät nichts. »Aber wenn ich auspacke, ist Ende mit ihm, da kotzt er ein für alle Mal ab – der Freund!«

»Bei was? Was hat du denn in der Hand?«

»Mehr als dieses scheiß Blatt«, lacht Nicolai. »Nein, Bruder, nein. Das ist was Privates.«

»Schmutzig?«

»Verdammt schmutzig. – Mehr kann ich dir nicht sagen.«

Sie sind schnell durch. Ein Profispiel mit eigenen Regeln. Sehen, zeigen, ausspielen. Ivo legt einen Straight.

»Du willst es mir nicht sagen«, sagt Ivo und streicht die Karten erneut zusammen. Nicolai zündet sich eine Zigarette an.

»Nein, Ivo, das kann ich nicht. Ich kann es wirklich nicht.«

»Und warum nicht? Traust du mir nicht? Traust du mir überhaupt noch?«

»Hör auf!«

»He«, sagt Ivo. »He, wir sind von Anfang so – so eng.« Er hält Nicolai die gekreuzten Finger vors Gesicht. »Wir haben uns jeden Scheiß geteilt, wir haben uns gemeinsam durchgeboxt. Ich frag dich, was ist anders geworden? Was, Nico, was? Ich kapier's nicht! Dass ich im Knast war? Ich denke, das haben wir geklärt, da gab es nichts ...«

»Ivo – du musst mir glauben, ich habe meine Gründe.«

Ivo nimmt auch eine Kippe. Er lehnt sich zurück.

»Du kannst es nicht ab, dass ich was mit Valea habe!«, sagt er.

Nicolai zieht die Augenbrauen hoch.

»Hast du?«

»Das hat sie dir doch sicher schon gesagt.«

»Sie kann tun, was sie will.«

Ivo raucht. Er bemerkt, dass seine Hand zittert. Lass es, belass es dabei, sagt er sich. Kein Stress.

Er schließt kurz die Augen.

»Hast du denn schon vom Cousin gehört? Von seinem Vorschlag?«

7 Mirela liegt bei Pjeter im Bett. Das Zimmer ist spartanisch eingerichtet. Ein grob gezimmerter Tisch und Stühle. Eine antike Kommode. Graue Stahlregale für Kleidung, eine Küchenzeile mit Mixer und Kaffeemaschine, das Bett in der Nische unter dem Fenster.

Die Leuchtziffern des Elektroweckers zeigen 4.18 Uhr an.

Pjeter schnarcht ruhig und regelmäßig.

Auf dem Nachttisch liegt griffbereit die Pistole, die P8.

Mirela schiebt sich vorsichtig zum Bettrand, steht auf und huscht nackt zur Toilette.

Pjeter schnarcht weiter wie zuvor.

Mirela kommt zurück, schaut auf den Schlafenden, lächelt liebevoll.

Sie geht zur Küchenzeile, greift nach der Zigarettenschachtel, bedient sich. Sie genießt jeden Zug. Sie genießt jeden Moment in Pjeters Nähe, jede Sekunde.

Die Zigarette zwischen den Lippen dreht sie den Wasserhahn auf, füllt ein Glas.

Bevor sie wieder ins Bett steigt, nimmt sie die Pistole, hebt sie, streckt den Arm weit aus und zielt auf einen imaginären Punkt.

»Auf wen hast du es abgesehen?«, hört sie Pjeter fragen.

Sie ist nicht überrascht.

Sie ist nicht erschrocken. Sie legt die Pistole aus der Hand, setzt sich zu Pjeter aufs Bett, schüttelt den Kopf.

»Ich bin ohne Eltern aufgewachsen«, beginnt sie ansatzlos. »Ich hatte einen Schlafplatz bei meinem Onkel in den Bergen. Er war ein merkwürdiger Mann, sprach oft nur mit sich selbst, hatte keine Freunde. Die Frauen, die er in seinem kleinen Laden frisierte, mochte er nicht. Heute würde ich sagen, er verachtete sie. Eines Tages gab es ein Missverständnis, und mein Onkel wurde getötet.« Sie nimmt die Waffe wieder in die Hand. »Ivo hat ihn erschossen.«

DIE GALA

1   Bankfilialleiter Rainer Pohlmann ist beunruhigt. Anita ist nicht zur Arbeit erschienen. Meldet sich nicht, lässt nicht Bescheid sagen. Pohlmann hat eine dunkle Ahnung, warum sie nichts von sich hören lässt. Sie ist gekränkt. Er hat sie gekränkt. Mit der dummen Bemerkung, dass sie sich um ihren eigenen Kram kümmern solle. Er versteht nicht, wie er das hat sagen können. Mein Gott, das war doch nicht so gemeint. Wie kann sie das nur glauben? Sie kennt ihn doch. Sie weiß doch über alles Bescheid. Sie kennt ihn besser als jeder andere. Besser als seine Frau. Intimer. Seine geheimen und geheimsten Wünsche.

Pohlmann greift wieder zum Telefonhörer. Wählt Anitas Nummer. Lässt es durchklingen. Nichts. Kein Anrufbeantworter. Keine Reaktion.

Pohlmann versucht sich vorzustellen, wo sie ist und was sie in diesem Moment treibt.

Es ist eine hässliche Vorstellung.

Ihm wird übel dabei.

Es ist Donnerstagvormittag, kurz vor der Mittagspause.

2   Weit nach Mitternacht. Autoradio. Radio N-Joy. Rihanna, *Shut Up and Drive* ...

Dragon legt auf der Gärtnerstraße mit seinem Porsche eine Vollbremsung hin. Er ist leicht bedröhnt. Er sieht, dass in dem ausgebrannten Dancing Club gearbeitet wird.

Teufel auch, Teufel auch, Teufel auch!

Er steigt aus, hoppla, tänzelt rüber zur Baustelle.

Eine Betonmischmaschine röhrt, das Rattern eines Schlagbohrers ist zu hören.

Mitternacht, es ist nach Mitternacht!

Durch die offene Tür fällt Licht nach draußen.

An der Wand neben der Tür sind gut zwei Dutzend graue Kartons gestapelt. Sie sind beschriftet. Dick, mit Filzstift. *Lieferung Restaurant Gute Stube*, c/o M. *Hirst.*

Dragons Gesicht ist ein einziges großes Fragezeichen!

Er reißt einen Karton auf. Er enthält Kacheln. Blau gemusterte Kacheln. Dragon hat so etwas schon einmal in einer Küche gesehen. Bei einer Home-Service-Schlampe. Der er etwas aufs Maul geben musste.

Ein Arbeiter schleppt eine Gummiwanne mit Bauschutt ins Freie, ein Landsmann. Dragon stellt sich ihm in den Weg.

»Was macht ihr hier, was ist das für eine Scheiße?!«

Der Mann schüttelt den Kopf.

»Nix Scheiße, ist Arbeit für Chef Radu, ist gutes Geld, wenn wir fix.«

3   Frühmorgens, 5.30 Uhr. NDR 2. Der Morgen mit Kuddel-Dirk. Mit Oldies in den Tag: Otis Redding, *Sittin' On The Docks Of The Bay ... Sittin' in the mornin'* *sun / I'll be sittin' when the evenin' comes / Watching the ships roll in ...*

Das aus der ecuadorianischen Hafenstadt Guayaquil kommende Containerschiff »Evita« legt im Morgengrauen am Burchardkai im Hamburger Hafen an. Sekunden später kommen die Brückenkräne zum Einsatz. Ein Zwanzig-Fuß-Container nach dem anderen wird entladen, je nach Empfänger per Bahn oder Spedition weitergeleitet. Die insgesamt einhundert Sack Rohkaffee für das Hamburger Unternehmen *Weltweit Gute Bohne* werden noch vor der Verzollung einer Qualitätsprüfung unterzogen und verwogen. Im Fall des Pietsch-Unternehmens geht das zügig über die Bühne. Die entsprechenden Papiere werden abgezeichnet.

7.00 Uhr. Der Wecker schrillt.

Matthias Unger ist schon wach, schwingt sich aus dem Bett, verzieht vor Schmerz das Gesicht. Seine rechte Hand ist eingegipst, Unger hat sie ungeschickt bewegt. Wut steigt in ihm auf, eine unsägliche Wut. Er wird sich rächen, das weiß er. Er weiß nur noch nicht, wie. Doch ihm wird schon was einfallen.

Er braucht länger als sonst, bis er sich angekleidet hat. Verzichtet auf einen Kaffee, bestellt ein Taxi.

9.10 Uhr. Reggae aus der Box über dem Tresen. Bob Marley, *Sun Is Shining ...*

Martin Hirst gönnt sich ein ausgiebiges Frühstück im Szenecafé Neo in Ottensen. Es entspricht seinen Ansprüchen. Das können sie, die Freaks. Gesund und gesättigt in den Tag.

Der Chefkoch hat einen Termin bei seiner Bank. Anschließend ist der bei seiner Vertretung im Hotel in Auftrag gegebene Imbiss abzuholen. Leberkässemmeln, zwei große Thermoskannen mit Kaffee und Tee. Hirst will zur Baustelle. Nach dem Stand der Arbeiten sehen, eventuell noch Materialien ordern.

Er würzt die Eier im Glas.

9.24 Uhr. Chefredakteur Jo Gabler ist seit einigen Tagen solo. Gigi ist angeblich zu seiner Familie nach Neapel gereist. Gabler aber glaubt, der Knabe habe sich bei einem neuen Liebhaber eingenistet. Er bereitet sich innerlich darauf vor, von Gigi Abschied zu nehmen. Überraschenderweise fühlt er sich bei dem Gedanken erleichtert.

Gabler verlässt sein Haus in Blankenese gegen halb zehn. Seine Haushälterin beginnt wenige Minuten später mit ihrer Arbeit.

Auf NDR 2: Pink Floyd, *Another brick in the wall* ...

Valea und Ivo erwachen gleichzeitig. Sie wenden sich einander zu. Sie sehen sich in die Augen. Ivo küsst die Schwester seines Blutsbruders. Valea umarmt ihn. Sie streicheln sich, sie sind erregt. Sie vögeln.

Später begnügen sie sich mit O-Saft, Espresso und Zigaretten.

Valea kleidet sich dabei an. Ivo ist immer wieder von ihrem schmalen, muskulösen Körper fasziniert.

»Unsere letzten Stunden«, sagt er.

»Nein, bestimmt nicht«, sagt Valea. »Wir werden uns immer wiedersehen. Wann fliegst du?«

»Morgen früh. Bis dahin hab ich noch was zu erledigen.«

»Ich weiß«, sagt Valea. »Nico hat dich eingeplant.«

»Mein Ding. Ich will dabei sein.«

»Du bist ihm das nicht schuldig.«

Ivo macht eine beiseitewischende Geste. Er zündet sich die dritte Zigarette des Tages an, inhaliert tief.

»Es ist okay«, sagt er.

4   NDR 2, 10.05 Uhr. Die dusselige Blondine aus Winterhude übernimmt. Nicolai wechselt mit der Fernbedienung den Sender, empfängt *Back to Black.* Amy Winehouse. Bekommt einen engen Hals, muss schlucken, bevor er sich wieder Hannas Garderobe widmet.

Hanna probiert das Kostüm an, das sie abends auf der Spendengala zugunsten Demenzkranker Menschen tragen will. Schirmherr ist ihr Vater Peter Pietsch, *Weltweit Gute Bohne.*

Nicolai ist das Kostüm zu dunkel und zu streng. Der Kragen zu groß, der Rock zu weit, betont nicht Hannas Figur.

»Die Krankheit«, sagt Hanna. »Ich habe abgenommen, aber ich finde ... ich finde es immer noch passend.« Sie sucht Mirelas Blick.

Mirela mag sich nicht klar äußern, druckst herum.

Nicolai fällt ihr ins Wort.

»Wir kaufen was Neues.« Er sieht auf seine Uhr. »Sag Pjeter Bescheid. Du fährst mit, Mirela.«

Punkt 10.30 Uhr betritt Victor das Altonaer Fitness-studio. Der Betreiber ist ein Landsmann, auch einer aus der alten Truppe, aus der Zeit, in der sie sich den Kiez im Kampfmodus erobern mussten. Victor macht seine ersten Trainingseinheiten mit ihm gemeinsam. Sie wechseln ein paar Worte.

Der Landsmann spricht von seiner inzwischen acht-jährigen Tochter. Ist stolz darauf, wie gut sie lernt. Er rät Victor, sich fest zu binden und eine Familie zu gründen.

»Familie ist wichtig, auch wenn nicht immer gut. Familie braucht man.«

Etwa zur gleichen Zeit hält ein Taxi gegenüber dem gelben Backsteinhaus in Barmbek. Unger zahlt. Der Taxifahrer hilft ihm beim Aussteigen.

Unger vergewissert sich, dass Christiane noch Mie-terin ist: *C. Jahnke.* Christiane Jahnke, Sylvias kleine Schwester.

C. Jahnke/M. Hansen.

Unger klingelt nicht. Er geht zu der Nur-Hier-Filiale am Eck, sieht mehrere Male zurück.

Die Bäckerei hat zwei Tische und einige Stühle Out-door. Unger bestellt ein Franzbrötchen und einen großen Kaffee.

Er setzt sich so, dass er den Eingang des Hauses gut im Blick hat, nippt an dem superheißen Kaffee und wartet.

Auf N-Joy: Ich + Ich: *Ich warte schon so lange auf den einen Moment. Ich bin auf der Suche nach hundert Prozent ...*

Sylvia erwacht aus einem Traum. Sie hat nur noch Bruchstücke in Erinnerung.

Sie sitzt im Fond eines Taxis.

Es ist Nacht.

Das Taxi fährt durch die City.

Leuchtreklamen. Restaurants und Bars.

Armani-Männer. Männer mit nackten Oberkörpern. Sie tänzeln ihr entgegen. Sie wird hoch in die Luft gehoben.

Sie lehnt an einem langen Tresen. Sie trägt ein hautenges Paillettenkleid. Flammend rot. Ihre Schenkel glühen. Sie schießt auf die Tanzfläche zu. Um sie herum maskierte Gestalten.

Dicke Rauchschwaden durchziehen ein Gewölbe.

Der Boden ist glitschig. Schleimig.

Sie rutscht aus. Macht einen Schritt nach vorn.

Nach vorn, nach vorn, hämmert es in ihrem Kopf. Nach vorn.

Ein Rhythmus, ein Beat.

Sie stellt fest, dass sie vollständig nackt ist.

Sie empfindet Scham.

Applaus ertönt.

Ein Schwindel erfasst sie …

Sylvia liegt mit weit geöffneten Augen in einem fremden Bett. Sie hat Slip und T-Shirt anbehalten, ist verschwitzt, dünstet Alkohol aus. Ihr Mund ist trocken, die Lippen sind rau. Sie hat rasende Kopfschmerzen.

Sie steht auf und stellt erschrocken fest, dass ihr Slip im Schritt nass ist. Sie beeilt sich, auf die Toilette zu kommen.

Martin Hirst ist mit dem Stand der Bauarbeiten hoch zufrieden. Er telefoniert noch mit einigen Zulieferern und notiert Termine.

Ein Arbeiter kommt aufgeregt zu ihm und dem Boss der Arbeitskolonne. Er präsentiert ihnen ein Paar Handschellen. Gefunden im Bauschutt. Hirst nimmt das Fundstück an sich.

5 Hafen. Handel. Stadt. Vogelperspektive. Die Kräne, die Schiffe, die Schienen, die Straße. Captain Beefheart, *Hard Workin' Man* ...

Der Kaffeeimporteur Peter Pietsch betritt die Lagerhalle seines Betriebs, in der Hand einige Papiere. Die Lagerarbeiter geben vor, im Stress zu sein. Pietsch klatscht in die Hände, verschafft sich Gehör. Er gibt Anweisung, zwei mit einem Stück roter Kordel gekennzeichnete Säcke aus der heutigen Lieferung aus Übersee gesondert bereitzustellen.

Spezialmischung für einen Kunden.

Wird per Kurier abgeholt.

... *Hard Workin' Man* ...

15.10 Uhr. Barmbek.

Christiane verlässt das Haus. Sie will auf Bitte ihrer Schwester hin bei einem im Stadtteil ansässigen Makler vorsprechen.

Nach ein paar Schritten wird sie am Arm gepackt und festgehalten. Sie blickt in Ungers Gesicht. Seine Augen sind gerötet, seine Stimme überschlägt sich. Sie muss ihn nicht verstehen, um zu wissen, um was es ihm geht.

Um wen.

Sie macht sich los.

»Untersteh dich«, sagt sie. »Rühr mich ja nicht wieder an. Sylvia ist gestorben, sie ist für dich gestorben. Kapier das!«

»Ich mach ihr ein Angebot, wir einigen uns!« Unger fuchtelt mit der eingegipsten Hand. Christiane haut sie mit einem Handkantenschlag von sich weg.

»Du machst dich nur lächerlich! Tut mir leid!«

16.25 Uhr. Victor trifft bei Lucian auf dem Gebrauchtwagengelände ein. Er steigt aus seinem Wagen, lockert die Gelenke, schlägt ein paar Haken.

Die Reihen der zum Verkauf stehenden Wagen haben sich gelichtet. Lucian bietet Victor Wasser und Mokka an. Sie hocken sich auf die Stufen zum Wohnwagen, wechseln ein paar Worte, trinken, rauchen und schweigen wieder.

Es ist wieder ein verdammt schöner Tag. Die Sonne hoch am Himmel. Ein wolkenloser Himmel.

»Wie steht es um Dragon?«, fragt Lucian nach einer Ewigkeit.

Victor zögert. Lucian nickt.

»Er verflucht mich«, sagt er. »Ich soll mich für ihn starkmachen, Streit in die Familie bringen.«

»Feigling, sagt er«, bestätigt Victor. Es ist ihm sichtlich unangenehm. »Sorry. Er sagt, du kuschst vor kleinem Bruder.«

»Dragon vergisst, dass Nicolai der Klügste von uns ist, klüger noch als Valea. Valea kennt die Gesetze.« Lucian stemmt sich hoch. »Nicolai kennt die Menschen. Er kennt ihre Stärken und ihre Schwächen. Er beschafft das große Geld.« Er klopft Victor auffordernd auf die Schulter. »Fangen wir an.«

Auf NDR 2: Mink DeVille, *Cadillac Walk ... When the moon comes up the sun goes down / Rita starts to creep around / Gets a flame in her blood fire on her breath / Fourteen names notched on her chest ...*

6   19.49 Uhr. Vor dem Nobelhotel an der Alster steigen Hanna, Valea und Nicolai aus einer Mercedes-Limousine. Die beiden Frauen haken sich links und rechts bei Nicolai ein, Hanna in einem neuen lindgrünen Jackie-Kennedy-Kostüm, Valea, wie bei jedem Event, in ihrem maßgeschneiderten Hosenanzug, tiefschwarz, streng, gravitätisch in ihren High Heels.

Nicolai trägt Designerjeans, T-Shirt und ein weißes Jackett. Provokant, das ist ihm bewusst. Er hat kurz daran gedacht, sich auf dem Weg ins Foyer eine Cohiba zwischen die Lippen zu stecken, sie von dem kostümierten Portier anzünden zu lassen.

Es werden die üblichen Fotos geschossen, junge Reporterinnen stellen die hinlänglich bekannten Fragen.

Nicolai antwortet knapp, aber nicht unhöflich.

Was hat er zu dieser furchtbaren Krankheit Demenz zu sagen?

»Ich wünsche das selbst meinen ärgsten Feinden nicht«, sagt er. »Man soll mich nicht vergessen.«

19.52 Uhr. Vor der Harvestehuder Villa fährt ein VW-Kleintransporter vor, mit der Aufschrift »Nord Express Dienst«. Am Steuer Victor, auf dem Beifahrersitz Lucian, festlich gekleidet.

Ivo und Pjeter empfangen sie.

Lucian steigt zu Pjeter in den bereitstehenden Range Rover.

Blitzstart. Quietschende Reifen. Hupsignal.

Victor geht mit Ivo ins Haus.

19.53 Uhr. Dragon hängt am Tresen seiner Disco ab, quatscht mit der Keeperin über diesen und jenen Drink, trumpft mit Halbwissen auf und versteigt sich zu der Behauptung, dass Gin nie und nimmer die Basis eines klassischen Martinis sein dürfe.

»Wodka, Wodka Martini!«, sagt er und hebt belehrend die Hand. »James Bond, du verstehst? Wodka!«

Die ersten Besucher poltern die Steinstufen hinunter, ein knappes Dutzend junger Frauen mit Schweinskopfmasken, gefolgt von einigen notgeilen Hengsten. Der Tonmann dreht voll auf.

»Verdammt, wo steckt Victor?! So was will ich nicht im Laden haben! Die haben ihren Stoff doch selbst dabei, Teufel auch!«

Er zieht sein Handy, wählt den Kontakt.

Der Teilnehmer Victor ist nicht zu erreichen.

20.16 Uhr. Der Boss der Baukolonne im Dancing Club nimmt einen Handyanruf entgegen. Es ist Pjeter. Pjeter sagt ihm, dass er den Trupp bis spätestens 23 Uhr abziehen soll.

»Feierabend. Schluss für heute. Aufräumen nicht vergessen, Werkzeug gut verschließen. Das wird gern mitgenommen. Wir leben in schlimmen Zeiten.« Er lacht munter.

20.18 Uhr. Das Hotel an der Alster, Hamburgs Perle.

Der Veranstaltungssaal, festlich dekoriert. Voll besetzt.

Vierer-, Sechser- und Achtertische um das Halbrund der Bühne. Knapp zweihundert Personen, die bessere Gesellschaft der Hansestadt, durchweg vermögend. Der politkulturelle Wanderzirkus, man kennt sich, man spricht miteinander, man zieht übereinander her.

Man ist bereit, ein paar Scheine zu spenden. Steuerlich absetzbar, versteht sich. Bei der Versteigerung eines von einem HSV-Spieler getragenen Trikots, einiger Theaterrequisiten und irgendwelcher Fummel aus Nobelboutiquen mitzubieten.

Aus den Lautsprechern Georg Friedrich Händel, *Wassermusik, Suite Nr. 1 in F major.*

Die Musik klingt aus.

Gezischel, Getuschel und aufgesetztes Lachen.

Auf den Tischen Champagner- und Weinflaschen in Eiskübeln.

Hanna, Valea und Nicolai haben weit vorn ihren Platz. Es ist eng. Lucian drängt sich zu ihnen durch. Verspätet. Er umarmt Hanna herzlich.

Auf der Bühne spricht die Moderatorin in ihr Handmikro. Es ist die Allzweckwaffe des Regionalsenders, spricht Platt und singt auch gern. Sie begrüßt die Gäste. Begrüßt den Schirmherr der Spendengala – Herrn Peter Pietsch, den alteingesessenen Unternehmer, den Kaffeekönig, den großen Sohn der Stadt.

Applaus. Applaus.

Pietsch erhebt sich, verbeugt sich leicht nach allen Seiten. Vermeidet den Blickkontakt mit Nicolai.

Nicolai applaudiert verhalten, beugt sich zu Valea.

»Ich trau ihm nicht mehr«, flüstert er ihr zu.

Valea blickt ihn überrascht an. Fragend.

»Unger, Pohlmann, diese ganze Reinbeker Parteiclique«, sagt Nicolai leise. »Er kann mir nicht vormachen, dass er bei denen nicht mitmischt. Oder nichts gewusst hat. Aber so sind sie, diese Kacker! Du machst jahrelang Geschäfte mit ihnen, aber letztlich bist du der dämliche Kanacke.« Er verzieht angewidert das Gesicht. »Von wegen, alter Mann, von wegen!«

Hanna wendet sich ihm zu.

»Was sagst du ...?«

»Nichts«, sagt Nicolai. »Hat deinem Vater gutgetan, die kleine Reise. Hast du was mit ihm verabredet? Für später?«

»Pa hat es offengelassen.«

Lucian greift nach dem Champagner, schenkt allen neu ein.

»Auf einen schönen Abend«, sagt er. Zwinkert Nicolai zu, lässt kurz seinen hochgestreckten Daumen sehen.

20.56 Uhr. Einbruch der Dunkelheit. Die Straßenbeleuchtung wird eingeschaltet. Starkes Taxi-Aufkommen in Richtung Airport, Aufbruch in die Pfingstferien. Nach Mallorca, auf die Kanaren und auch nach Kanada zum Skifahren. Da kann man dann noch Monate später von erzählen. Im Rathauskeller bei Pannfisch & Bier oder auf dem Weihnachtsmarkt.

22.44 Uhr. Victor bremst den Kleintransporter vor dem Betriebstor der *Weltweit Gute Bohne* ab. Er lässt das Seitenfenster herunter und ruft dem Pförtner zu, dass für seinen Express eine Lieferung bereitstehe. Der Pförtner weiß offenbar Bescheid.

Er öffnet das Tor und weist Victor die Anfahrt zur Lagerhalle. Ein Arbeiter wuchtet die beiden Kaffeesäcke raus auf die Rampe. Victor packt sich den ersten auf die Schulter. Er hat keine Mühe damit. Dann den zweiten Sack. Eine zügig ablaufende Aktion. Keine Störung, kein Problem. Victor fährt vom Hof.

Von Billbrook geht es zurück durch die Hafencity, St. Pauli und an Planten un Blomen vorbei mit Ziel in Eimsbüttel.

22.51 Uhr. Dragon sitzt an seinem Büroschreibtisch. Es ist die Abstellfläche für einen kaum genutzten PC und für eine Flasche mit Glas.

Ein paar Zettel liegen herum, bekritzelt mit Zahlen. Dragon trinkt Whiskey pur. Er raucht und ascht auf den Boden.

Er versucht noch einmal, Victor zu erreichen. Erfolglos.

Gedämpft wummert aus dem Saal nebenan Rap.

Gangsta-Rap.

Dragon starrt dumpf vor sich hin.

Plötzlich steht er abrupt auf, wie angeknipst, geht zur Tür, geht zurück, stampft mit dem Fuß auf. Ballt die Hände, flucht.

Er öffnet die Schreibtischschublade. In ihr liegen gut ein halbes Dutzend Handys. Dragon greift eins heraus, legt eine neue Prepaidkarte ein.

Er schließt kurz die Augen, konzentriert sich.

Er wählt und muss nicht lange warten.

»Schwarzarbeiter! Illegale Schwarzarbeiter!«, blafft er. »Gärtnerstraße! Keine Papiere, muss ich melden! Ist nicht erlaubt ...«

Nicolais Handy meldet sich.

Nicolai schaut auf das Display: »Jo«.

Er steht vom Tisch auf, entschuldigt sich wortlos und verlässt den Saal. Auf der Bühne spielt eine Combo ... *An de Eck steiht 'n Jung mit 'n Tüdelband ... klaun, klaun, Äppel wüllt wi klaun, ein jeder aber kann das nicht, denn er muss aus Hamburg sein ...*

Nicolai nimmt den Anruf an.

»Sorry«, sagt Jo Gabler. »Wir haben gerade eine Meldung reinbekommen. Ein Bankskandal. Eine Mitarbeiterin der Sparda Reinbek hat ihren Chef angezeigt. Betrügerische Kreditvergabe ...«

»Unger ...«

»Was sagst du ...?«

»Nichts. Schon gut. Danke. Danke, dass du mich informierst.«

»Du hast doch auch was mit dieser Bank zu tun.«

»Unter anderem«, sagt Nicolai. Er blickt durch die halb offen stehende Tür in den Saal. Sieht Hanna und Lucian in die Hände klatschen und mitsingen ... *denn er muss aus Hamburg sein.*

»Ich halte dich auf dem Laufenden«, sagt Gabler. »Hast du was von Matthias gehört? Ich hab mehrere Male auf seine Mailbox gesprochen.«

»Null«, sagt Nicolai. »Bringt ihr das schon morgen?«

»Noch sind wir die Einzigen, die es haben. Das müssen wir nutzen.«

»Klar«, sagt Nicolai. »Wenn irgendwo mein Name genannt wird ...«

»Du bist der Erste, der es hört. Dazu sind wir lange genug befreundet. Steckst du dick mit drin?«

23.05 Uhr. Pjeter parkt den Range Rover vorschriftsmäßig auf der dem ehemaligen Dancing Club gegenüberliegenden Straßenseite. Er steigt gemeinsam mit Ivo aus.

Er schließt das Schloss an der Brettertür auf. Sie betreten die Baustelle. Pjeter schaltet eine schnurlose Arbeitslampe ein, leuchtet Wände und Ecken ab. Die Tür zum Hinterhof ist ebenfalls mit einem Vorhängeschloss gesichert. Pjeter hat auch dafür einen Schlüssel. Er schließt auf, wirft einen Blick in den Hof. Sämtliche Stellplätze sind leer.

Nicolai bleibt tief gebeugt am Tisch der Familie stehen, legt Valea die Hand auf die Schulter.

»Wir müssen aufbrechen«, sagt er mit Blick auf Hanna. »Nur ein kleines Problem, aber dringend. Ich brauche Valeas Hilfe. – Keine Sorge, Hanna. Lucian bleibt, okay?«

Ivo und Pjeter hocken an der offen stehenden Tür zum Hof einander gegenüber, rauchen, schweigen und warten.

»Die Bude bei Nicolai ist wohl nicht so dein Ding«, sagt Pjeter unvermittelt. Ivo blickt irritiert auf.

»Wie meinst du?«

»Du warst selten über Nacht im Haus.«

»Ich hatte zu tun.«

»David?«

Ivo konzentriert sich auf seine Kippe, auf die Glut. Die aufsteigenden Rauchfäden lassen ihn blinzeln.

»Da gibt's nichts mehr.«

»Nicolai hat das 'n echten Schlag versetzt – uns allen.«

Ivo macht eine abwehrende Geste.

»Lass gut sein, Pjeter. Ich bin damit durch.«

»Man hätte einfach mal länger mit dir quatschen sollen. – Das hat selbst unsere Mirela bedauert.«

»Mirela?«

Pjeter blickt ihn offen an, lächelt ein kleines Lächeln.

»Hast du das nicht geschnallt? Sie steht auf dich.«

»Pech für sie.«

»He, komm – sie ist voll in Ordnung. Außerdem – außerdem kommt sie aus deiner Gegend. In den Bergen.«

»Und?«

»Nichts und. Könnte es nur erleichtern.«

»Was denn?«

»Sich kennenzulernen, Mann, sich kennenzulernen.«

»Ich bin morgen schon weg.«

Pjeter gibt sich, als wüsste er Bescheid. Er zuckt die Achseln.

»Die Nacht ist noch lang.«

Ivo schaut auf die Uhr …

… und von irgendwoher, und sei es aus der Erinnerung oder der Seele eines alleingelassenen, einsamen

Menschen, glaubt man, die jaulende Stimme Neil Youngs zu hören: *And sing a song in a shaky voice / That was real as the day was long / Tonight's the night, yes it is, tonight's the night / Tonight's the night, yes it is, tonight's the night* ...

KNOCK-OUT

1   Zwei aufgeschlitzte Kaffeesäcke auf dem Boden.

Ivo wiegt ein ziegelsteingroßes Päckchen in der Hand. Es ist in olivfarbener Folie verpackt.

Pjeter schlitzt ein zweites auf, nimmt eine Messerspitze von dem weißen Pulver, prüft und nickt ein Okay.

»Was bringt das?«, fragt Victor.

»Wir sind nur die Zwischenhändler«, sagt Ivo. »Auf Provisionsbasis. Die Lieferung geht komplett weiter an die Dänen.«

»Müssten eigentlich längst hier sein«, ergänzt Pjeter.

Er verschließt den Einstich mit Klebeband.

»Du wirst ordentlich bezahlt«, sagt Ivo zu Victor. »Du kannst das später selbst übernehmen.«

Victor nickt dankbar.

Ivo horcht. Auch Victor und Pjeter.

Ein Wagen kommt auf den Hof gefahren.

Bremst wenige Meter vor dem Eingang.

»Muss man nur von reden«, sagt Pjeter und sieht zu dem Wagen.

Sieht einen alten Combi. Der Motor wird ausgeschaltet.

Zwei Männer steigen aus. Die Dänen.

Sie blicken sich um.

Einer hebt zur offenen Tür hin zögerlich grüßend die Hand.

Augenblicklich blenden von der Einfahrt her Scheinwerfer auf.

Grelles Licht.

»Polizei!« – »Kontrolle!« – »Die Arbeitspapiere!«

Ein Streifenwagen blockiert mit laufendem Motor die Einfahrt. Das Blaulicht rotiert.

Zwei Uniformierte bellen weiter ihre Befehle.

»Kommt raus! Alle auf den Hof!« – »Die Hände! Ich will eure Hände sehen!«

Pjeter flucht.

Die Dänen gehen in Deckung.

Sie schießen.

Victor wirft sich auf den Boden.

Die Polizisten erwidern das Feuer.

Schüsse. Schüsse.

Schüsse in schneller Folge.

»Nein!«, schreit Ivo. »Nein!« Stürzt an Pjeter vorbei, reißt beschwörend die Hände hoch. Eine Polizeikugel trifft ihn voll.

Er bricht zusammen, die Hände an den Leib gepresst.

Victor springt auf, will zu ihm.

Pjeter reißt ihn zurück.

Victor knickt ein, stößt vor Schmerzen einen Schrei aus.

Pjeter flucht, hastet geduckt zum vorderen Ausgang …

Santa Fu, blitzt es bei ihm auf. Nur kein Knast.

Auf der Straße rasen zwei weitere Streifenwagen heran.

Pjeter geht hinter dem Betonmischer in Deckung, wirft sich bäuchlings auf das Pflaster, in den Dreck, macht sich flach.

Bewegungslos harrt er aus, bis die Bullen zu ihren Kollegen gelaufen sind, einer von ihnen eilt haarscharf an ihm vorbei zum Eingang.

Baut sich da mit gezogener Waffe auf.

In Combat-Stellung. Affenkram.

Pjeter zögert nicht den Bruchteil einer Sekunde.

Er schnellt hoch, bringt den Mann mit einem harten Hieb zu Fall, entreißt ihm die Pistole und rennt, rennt und rennt, wird verschluckt von der Dunkelheit der Nacht …

… tonight's the night, yes it is, tonight's the night …

2   Dragon nimmt einen großen Schluck Whisky, zündet sich eine Zigarette an. Seine Hand zittert. Er harkt durch sein dichtes schwarzes Haar. Er lacht, lacht ein irres Lachen, steht vom Schreibtisch auf und …

Er glotzt ungläubig zur Tür. Pjeter steht im Raum.

Pjeter ist verdreckt, hat blutige Schrammen im Gesicht. In seinem Gürtel steckt eine Pistole, seine Arme hängen locker herab.

»Dragon«, sagt er. »Was ist? Seh ich so scheiße aus? Komm, schenk ein, ich trink auch deinen scheiß Whisky. Trinken wir, trinken wir auf dich! – Du bist 'n cleverer Hund, 'n verdammt cleverer Hund!«

»Was … was ist … was ist passiert? Mensch, Pjeter …!«

»Die Bullen, Dragon, die Bullen. Bumm-bumm.« Er nickt bekräftigend. »Haben uns erwischt.«

Dragon wird bleich.

»Euch? Ihr … ihr hattet 'ne Schießerei?«

»Ivo, Victor und meine Wenigkeit. Ja, Dragon, ja, auf der Baustelle. Die Wichser wollten unsere Papiere sehen! Arbeitspapiere, Aufenthaltserlaubnis.« Er lacht. Sein Blick fällt auf den Schreibtisch. Auf das Handy. »Arbeitspapiere! Wer kann ihnen nur so was erzählt haben? Dass in dem ausgebrannten Club gearbeitet wird. – In deinem Club, oder?«

Dragon hebt abwehrend die Hände, lässt die glimmende Zigarette fallen.

»He, das ist … du glaubst doch nicht …« Er stakst rückwärts zum Schreibtisch zurück. Pjeter ist mit einem Satz bei ihm, schnappt sich das Handy. Scrollt nach den gewählten Anrufen. Hält inne.

»Ich glaub, was ich sehe«, sagt er. »Du verdammt dreckige Ratte!«

Er schleudert das Handy an die Wand, packt Dragon mit beiden Händen am Hals, drückt fest zu. Eine stählerne Klammer. Eine tödliche.

»Ich … du … du liegst falsch, das … das war nichts … ich wollte nicht …« Dragon zappelt. Seine Augen weiten sich. Sein Gesicht läuft rot an. Speichel läuft an seinem Kinn herab.

Ein letztes Zucken.

Pjeter lässt den erschlafften Körper zu Boden sinken. Er spuckt auf ihn. Er greift zum Whiskey, setzt die Flasche an die Lippen.

3   Nicolai gibt sich gefasst. Er sitzt an seinem Schreibtisch, vor sich einen aufgeklappten Laptop.

Valea schlägt zornig an den Fensterrahmen. Einmal und noch einmal. Sie wendet sich wieder Pjeter zu.

»Ich fahr ins Krankenhaus.«

»Valea, er ... Ivo hat sich nicht mehr gerührt. Und Victor ... einkassiert, wie die beiden Dänen.« Er sieht Nicolai an. »Das war scheiß heftig! 'ne einfache Streife!«

»Ich brauch deinen Wagen.« Valea streckt Nicolai die Hand hin.

»Kommst du zurück?«

»Ja«, sagt Valea. »Wir haben nicht mehr viel Zeit, und wir sind mit den Geldern noch nicht durch.«

Sie nimmt die Wagenschlüssel entgegen. Sie geht.

Nicolai und Pjeter sehen sich an. Sie schweigen.

Als draußen der Wagen startet, stellt Nicolai Flasche und Gläser hin. Er schenkt voll ein.

»Du musst verschwinden«, sagt er dann.

»Klar.«

»Ich ruf den Cousin an.«

»Soll ja ganz okay bei ihm sein«, sagt Pjeter.

Nicolai nickt. Sein Blick ist ausdruckslos. Er schluckt, schüttelt den Kopf.

»Das sollte Ivos Zukunft sein. In der Heimat, in den Bergen und am Meer. Ich hab's ihm so gewünscht, ich hab alles drangesetzt ...«

»Ist klar.« Sie stoßen an. Sie trinken. Nicolai schenkt nach.

»Okay«, sagt er. »Okay. – Wird Dragon ein Problem?«

»Kein Problem.«

Nicolai hebt die Augenbrauen.

»Nein?«

»Denk nicht darüber nach, Nicolai. Die Bullen werden Lucian sagen, was ihm zugestoßen ist.«

»Ich weiß nichts davon?«

»Niemand weiß was.«

4 Valea wartet auf der Intensivstation der Uniklinik Eppendorf. Zwei uniformierte Beamte und ein Ziviler warten ebenfalls. Der Zivile blickt misstrauisch zu ihr hin.

Valea gibt sich einen Ruck. Sie geht zu ihm und überreicht ihm ihre Karte.

»Ich bin die Anwältin des Polizeiopfers«, sagt sie.

»Opfer?«, sagt der Zivile. »Soweit ich informiert bin, hatte er eine Waffe in der Hand. Hat auf die Kollegen geschossen.«

»Sie werden nur in meinem Beisein mit ihm reden. Wenn überhaupt. Sollte mein Mandant nicht überleben, mach ich Ihren Beamten den Prozess.«

Der Zivile sagt nichts darauf. Er mustert Valea, schätzt sie ab.

Valea lässt ihn stehen.

Ihre Augen werden feucht.

5 »Es ist Fakt«, sagt Pjeter. »Ivo hat's nicht überlebt. Deine Rache ...«

Mirela winkt kopfschüttelnd ab.

»Keine Rache, Pjeter. Da hast du mich falsch verstanden. Ich wollte mit ihm reden, ich wollte hören, wer meinen Onkel beschuldigt hat. Ob zu Recht oder zu Unrecht. Ich wollte es einfach nur verstehen. Keine

Rache.« Sie nimmt sich eine von Pjeters Zigaretten. »Es hat sich nicht ergeben. Zu spät.«

Sie ist in Pjeters Wohnung, lehnt an dem grob gezimmerten Tisch, schaut Pjeter zu.

Pjeter packt ein paar Sachen in eine Sporttasche, verschließt sie.

Er zieht die Pistole aus dem Hosenbund.

Die Polizeiwaffe.

Er reicht sie Mirela.

»Okay«, sagt er. »Wie auch immer. – Verwahr sie gut. Ich kann sie nicht mitnehmen.« Er nickt bekräftigend. »Und noch was. Ivos Ex – Kristina, ich schreib dir ihre Adresse auf –, sie soll wissen, wie ihr Sohn tatsächlich umgekommen ist. Nicolai wollte es nicht sagen. Er konnte es niemandem sagen, vor allem Ivo nicht. Er wollte nicht, dass er es sieht, er wollte ihn schützen, mit allen Mitteln – seinen Bruder, seinen wahren Bruder. – Es ist auf einem Video zu sehen.«

Mirelas Mimik verrät nichts.

»Ich hab's dir auf dein Handy geschickt. Zeig es Kristina. Die Frau, die da gefilmt ist, heißt Sylvia. Sylvia Unger. Sie ist einigermaßen bekannt. Für Kristina ist es wichtig, die ... die Gewissheit zu haben.«

Er umarmt Mirela.

Er küsst sie.

Er berührt mit zwei Fingern leicht ihre Stirn.

Wie ein Priester.

Mirela neigt den Kopf.

6   Es ist einer der letzten warmen Sommerabende. Kristina fährt durch die Seitenstraßen des Stadt-

teils, fährt an Cafés und Szenekneipen vorbei. Sie fährt um den Block, es ist schwer, um diese Zeit in Eppendorf einen Parkplatz zu finden. Bei der zweiten Runde entdeckt sie eine Lücke. Sie rangiert den Wagen hinein, schlängelt sich heraus.

Aus der nahe liegenden Kneipe dringt Gianna Nannini, *Angelo,* zu ihr herüber.

Gläserklirren.

Gelächter.

Feierabendstimmung.

Kristina geht bis zur Hauptstraße zurück. Die Adresse ist ein pompöser Altbau mit breiten Stufen zum Eingang.

Sie klingelt bei der Arztpraxis im ersten Stock.

Umgehend ertönt der Summer.

Sie nimmt den Fahrstuhl in den vierten Stock.

Keine Klingel. Eine eiserne Faust als Klopfer.

Kristina betätigt ihn.

Es dauert einen Moment, bevor Sylvia öffnet.

»Ja, bitte?«, sagt sie stirnrunzelnd.

»Mein Name ist Kristina. Kristina Wójcik. Ich würde gern mit Ihnen sprechen.«

»Um was geht es?«

»Müssen wir das im Hausflur bereden. Es ist privat.«

Sylvia lässt sie widerstrebend ein. In den Flur zu einem großen lichtdurchfluteten Raum.

»Also?«, sagt Sylvia.

»Es geht um meinen Sohn.«

»Ihren Sohn?«

»David.«

»David? Ich ... ich weiß nicht ...«

»Sie erinnern sich nicht?!«

Kristina nimmt das Handy aus ihrer Schultertasche. Sie zeigt es Sylvia, zeigt ihr das heimlich aufgenommene Video aus dem ehemaligen Dancing Club.

»Mein Gott!« Sylvia will impulsiv das Handy an sich reißen. »Das war …«

David, nackt, mit Handschellen an einen Pfosten gekettet.

Sylvia, nackt, vor ihm kniend, seinen Schwanz bearbeitend, leckend, lutschend.

Mit entsetzt geweiteten Augen sieht Sylvia, dass Kristina jetzt eine Pistole auf sie gerichtet hat. Sie weicht zurück.

»Stopp! Es ist noch nicht zu Ende«, sagt Kristina.

»Das war ein … ein Unglück. Ein Unglück – bitte!«

Davids Schwanz, stark erigiert.

Sylvia, sich an David hochziehend, ihre Schenkel um seine Hüften, ihr Becken in rhythmischer Bewegung.

Groß Davids Gesicht.

Sichtbar keuchend.

Nach Luft schnappend.

Heftig. Heftig. Heftiger.

Ein Aufbäumen.

Sylvia löst sich von ihm.

»David war sechzehn«, sagt Kristina.

»Das … er hat Drogen genommen … das Herz, das konnte niemand voraussehen!«

David am Boden.

Ein Mann kniet neben ihm, fühlt an der Halsschlagader nach seinem Puls, schüttelt den Kopf.

Sylvia hilft dem Mann, den leblosen David anzukleiden.

»Wir waren alle ... ich war schockiert, ich war wie in Trance, nicht bei mir ... es tut mir leid, es tut mir wirklich leid, aber ich konnte doch nicht wissen ...«

»Du hast meinen Sohn totgefickt«, sagt Kristina. »Das ist Fakt, da gibt es nichts mehr zu erklären, gar nichts mehr!«

Sie hebt die Pistole. Sie drückt ab.

Sie schießt Sylvia mitten in die Stirn.

PRESSESCHAU

Seit Jahren ermittelt die Hamburger Polizei gegen den rumänischen Familienclan der Radus. Doch der Verdacht, der Clan bilde den Kopf der Organisierten Kriminalität in der Hansestadt, konnte nie bestätigt werden. Jetzt kommt Bewegung in den Fall.

Sie passten ihn nachmittags ab, vor seinem hübschen Einfamilienhaus am Stadtrand von Reinbek. Rainer Pohlmann, ein hagerer, schlicht gekleideter Mann, kam gerade von seinem Wochenendeinkauf zurück, als die Polizisten ihn ansprachen. »Sie sollten mal lieber die richtigen Leute festnehmen«, gab er zurück. Ungerührt führten sie den 57-jährigen Leiter der Reinbeker Sparda Bank ab. Und schafften ihn nach Hamburg, wo der Haftrichter Untersuchungshaft anordnete – wegen Fluchtgefahr und Verdachts der Untreue in besonders schwerem Fall. Sollten sich die Vorwürfe, die die Staatsanwaltschaft Hamburg jetzt in einer fast fünfzigseitigen Anklageschrift gegen ihn und seine mutmaßlichen Komplizen zusammengetragen hat, vor Gericht beweisen lassen, drohen dem Banker bis zu zehn Jahren Haft.

Rainer Pohlmann soll, gemeinsam mit einem Mitglied des Aufsichtsrates und einer weiteren Person, die Sparda Bank regelrecht ausgeplündert haben. Nach Ansicht der Staatsanwaltschaft brachte er das genossenschaftliche Geldinstitut mit faulen Millionenkrediten an den Rand des Ruins. Und schusterte sich laut Staatsanwaltschaft auch selbst noch einige Hunderttausend zu.

Doch die Anklage erzählt mehr als nur die Geschichte eines Mannes, der seine Bank offenbar zum Selbstbedienungsladen umfunktionierte. Es geht darin auch um das Hamburger Rotlichtmilieu, um dubiose Bauprojekte am Schwarzen Meer und vor allem um einen Familienclan, der nach den Erkenntnissen der Staatsanwaltschaft von dem sagenhaften Geldregen aus Reinbek profitiert haben soll.

Nicolai Radu gilt in der Hansestadt als »Immobilienkönig« und heimlicher Herrscher der Reeperbahn. Er soll mehr Grundstücke auf der »geilen Meile« besitzen als die Kiezlegende Willi Bartels. Sein Bruder Lucian handelt mit Gebrauchtwagen. Weitere Angehörige betreiben Diskotheken und Bars.

Ein interner Lagebericht des BND rückte die Familie in die Nähe der Organisierten Kriminalität. Die Anwaltskanzlei Scholz & Scholz wiederholte vor der Presse daraufhin immer wieder, dass der BND-Bericht »erwiesenermaßen falsch« sei. In ihm würden ihre Mandanten mit Delikten wie Schutzgelderpressung, Prostitution und Rauschgifthandel in Verbindung gebracht: »Nichts davon stimmt.«

»Es gab immer viele Indizien, aber nie einen einzigen Beweis«, klagt ein ehemaliger Hamburger Ermittler, »wir wurden immer schnell zurückgepfiffen – es war, als hätte über dieser rumänischen Familie eine schützende Hand gelegen.« Der medienpolitische Sprecher der Alternativen wird da deutlicher: »Der Clan ist eine Krake, deren Fangarme einige Senatoren und Bürgerschaftsabgeordnete fest im Griff haben.«

Derzeit jedenfalls bauen die Ermittler in Hamburg – rund dreißig Beamte sind in der Soko »Grundwasser« dafür abgestellt – auf die Erkenntnisse aus dem Sparda-Fall. Denn sie wissen: Schon einem wie Al Capone wurde einst eine relativ läppische Steuerhinterziehung zum Verhängnis.

Aus einer Reportage der Zeitschrift »Blitz«

Die Staatsanwaltschaft Hamburg gibt bekannt, dass sie einen Haftbefehl gegen den mutmaßlichen Nutznießer des Bankenskandals erwirkt hat – gegen Nicolai Radu. Der Haftbefehl kann nicht vollstreckt werden, weil sich Radu mit seiner Frau und seinem Bruder in Rumänien aufhält.

Express

Das Landgericht Hamburg verurteilt den ehemaligen Direktor der Sparda Reinbek zu viereinhalb Jahren Haft, der frühere Aufsichtsrat kommt aufgrund seines Alters und seines kritischen Gesundheitszustandes mit einer Geldstrafe davon.

Hanseblatt

Der per Haftbefehl gesuchte Nicolai Radu kündigt seine Rückkehr nach Hamburg an. Gegen eine Kaution von sechshunderttausend Euro sichern ihm die Behörden für den geplanten Prozess freies Geleit zu.

Express

Nicolai Radu muss wegen Betrugs und Anstiftung zur Untreue für fünf Jahre und elf Monate hinter Gitter. Das Landgericht befand ihn für schuldig, bei der Reinbeker Sparda Bank Millionenkredite für Immobilien erschlichen zu haben. Einer der spektakulärsten Hamburger Prozesse der vergangenen Jahre endete damit – zumindest, wenn man das Urteil an den öffentlichen Erwartungen misst – nach sieben Monaten und vierzig Verhandlungstagen vergleichsweise banal. Organisierte Kriminalität, Mafia, Rotlicht – das waren die Schlagworte, mit denen die Mitglieder der Radu-Familie in den vergangenen Jahren immer wieder in Verbindung gebracht wurden.

Erste Familienmitglieder waren schon in den Siebzigerjahren aus Rumänien nach Hamburg gezogen – glaubt man der Legende, kamen sie nur mit einer Plastiktüte voller Habseligkeiten. Innerhalb weniger Jahre gelang es dem Clan dann offenbar, ein beträchtliches Millionenvermögen aufzubauen. In großem Stil kauften sie Häuser, Hotels und Nachtclubs. Stets elegant gekleidet und äußerst eloquent, suchte Nicolai Radu Zugang zum Hamburger Establishment – erfolgreich. Aber immer auch begleitet von Mafia-Gerüchten.

Die Verteidiger des Clans, die Kanzlei Scholz & Scholz, kündigten nach der Urteilsverkündung gegenüber dem »Tag« an, Rechtsmittel einzulegen. »Die mündliche Begründung des Richters, so wie wir sie heute gehört haben, rechtfertigt eigentlich keine Verurteilung«, sagt RA Heribert Scholz. Auch das Strafmaß von drei Jahren und neun Monaten halten die Verteidiger für überzogen und sprechen von einem »Radu-Zuschlag«. Scharfe Kritik übte Scholz an der Staatsanwaltschaft, die »mit großem Getöse« in den Prozess gestartet sei. »Von den Vorwürfen der Organisierten Kriminalität und mafiöser Verhältnisse ist nichts übrig geblieben«, so der Anwalt. »Der Prozess hat keinerlei Anhaltspunkte für Organisierte Kriminalität ergeben«, betonte auch sein Partner. Wenn der sich über vierzig Verhandlungstage ziehende Prozess auch keine Verstrickungen in das Rotlichtmilieu oder mafiöse Strukturen ans Tageslicht beförderte, bedeutete er andererseits auch keine Reinwaschung der Radu-Familie. Der Tatvorwurf war klar umgrenzt, und das Strafmaß blieb nur knapp unter der Forderung der Staatsanwaltschaft. Der angebliche »Pate von Hamburg« verließ das Gericht zunächst als freier Mann. Bis das Urteil rechtskräftig ist, bleibt er gegen hohe Kautionszahlungen auf freiem Fuß.

Der Tag

Personen und Handlung sind frei erfunden. Ähnlichkeiten mit lebenden oder toten Personen wären rein zufällig und nicht beabsichtigt.

FRANK GÖHRE & ALF MAYER

King of Cool.
Die Elmore-Leonard-Story

Paperback. CulturBooks Verlag 2019.
240 Seiten. 15,00 Euro. ISBN 978-3-95988-104-3

Ein lustvoller Ausflug in die Krimi- und Filmgeschichte, ein spannendes Lesebuch, eine packende Werkschau und ein assoziativer Lebensroman über einen Autor, der für die New York Times der »vielleicht beste Krimiautor aller Zeiten« war.

Elmore Leonard hat 44 Romane und zahlreiche Drehbücher geschrieben. Für die TV-Serie »Justified« lieferte er die Vorlage, und viele seiner Bücher wurden verfilmt (»Schnappt Shorty«, »Out of Sight« oder »Jackie Brown«).

Göhre und Mayer erzählen von Leonards Anfangsjahren in einer Werbeagentur und seinem Aufstieg zu einem der bestbezahlten Krimi- und Drehbuchautoren. Sie berichten von Dreharbeiten, lassen Zeitzeugen zu Wort kommen und beleuchten in Zitaten, Anekdoten und Nacherzählungen die Romane, Filme und das Leben des Kultautors. Arrangiert wie eine große und vergnügliche Jamsession. Als Leseabenteuer. Als Lebensroman. Die Elmore-Leonard-Story.

»Ein flirrendes Fest für den Leser.«
Andreas Ammer, BR2

CulturBooks Verlag

FRANK GÖHRE & ALF MAYER

Cops in the City.
Ed McBain und das 87. Polizeirevier

Ein Report. Paperback. CulturBooks Verlag 2016.
292 Seiten. 17,90 Euro. ISBN 978-3-95988-017-6

Ed McBain wurde 1926 als Salvatore Albert Lombino in New York geboren. Er schrieb das Drehbuch für Alfred Hitchcocks »Die Vögel« und veröffentlichte ab 1956 fünf Jahrzehnte lang insgesamt 55 Romane über das 87. US-Polizeirevier in einem scheinbar fiktiven, dennoch sehr realen New York. Ein groß angelegtes, vielschichtiges amerikanisches Sittenbild, das an die Projekte von Honoré de Balzac und Émile Zola erinnert.

Frank Göhre & Alf Mayer inszenieren ihren rasanten Trip durch fünf Jahrzehnte auf den Spuren der Detectives vom 87. Revier als ein großes Lesevergnügen. Sie stellen die Ermittler und ihre Fälle vor, zeigen die Veränderung einer Stadt und ihrer Kriminalität auf, beleuchten Ed McBains Arbeiten für Film und Fernsehen, und sein unermüdliches Schaffen.

»Gute Unterhaltung.« FAZ

CulturBooks Verlag

FRANK GÖHRE

Verdammte Liebe Amsterdam

Kriminalroman. Paperback. CulturBooks Verlag 2020.
168 Seiten. 15,00 Euro. ISBN 978-3-95988-147-0

Ein Toter auf einem Autobahnrastplatz, eine verschwundene
Fünfzehnjährige, korrupte Polizisten – und mittendrin ein
Mann, der wissen will, warum sein Bruder sterben musste.
In seinem mehrfach preisgekröntem Roman zeigt
sich der Meister des deutschen Noir auf der Höhe seines
Könnens. Ein rasantes Roadmovie zwischen
Hamburg, Köln und Amsterdam.

Der Hamburger Restaurantbetreiber Schorsch Köster
bekommt einen Anruf. Sein Bruder Michael wurde tot auf
einem Autobahnrastplatz gefunden, erschlagen und vollständig ausgeraubt. Von dem Täter fehlt jede Spur. Schorsch
begibt sich auf Spurensuche und muss erkennen, kaum
etwas von Michael und dessen Leben gewusst zu haben. Und
was hat Michaels Tod mit einer verschwundenen Fünf-
zehnjährigen zu tun, die von Zuhause ausgerissen ist? Seine
Recherchen führen Schorsch von Hamburg über Köln ins
Rotlichtmilieu von Amsterdam. Mitten hinein in die
Abgründe von Familiengeschichten, auch die der eigenen.

Stuttgarter Krimipreis, Hauptpreis 2021
Deutscher Krimipreis 2020, Platz 3 National

»Göhre schreibt Kino – Zeitreisen, Liebe, Schmerz
und Erlösung inbegriffen.« Friedrich Ani

CulturBooks Verlag

EINS

Am zwanzigsten kurz nach neun nahm Schorsch den Anruf entgegen. Der Himmel grau in grau, der Strand menschenleer, das Meer aufgewühlt. Schorsch stand auf der Terrasse der Inselpension, die brennende Zigarette in der hohlen Hand, ein nasskalter Wind blies ihm ins Gesicht. Der Anrufer nannte Name und Dienststelle. Er entschuldigte sich und drückte sein Bedauern aus, bevor er Schorsch darüber in Kenntnis setzte, dass sein Bruder Michael auf einem Rastplatz der A3 kurz vor Köln tot aufgefunden worden war. Nach ersten Erkenntnissen sei er hinterrücks überfallen, niedergeschlagen und komplett ausgeraubt worden. Todesursache sei ein kräftig ausgeführter Schlag mit einem Knüppel oder einem Stahlrohr gewesen.

Schorschs Blick fixierte einen imaginären Punkt am bleiernen Horizont. Auf die Frage des Beamten antwortete er mit einem knappen »ich komme« und beendete das Gespräch. Er blieb noch eine Weile auf der Terrasse stehen und versuchte sich zu erinnern, wann genau er seinen Bruder zuletzt gesehen hatte. Nah stand er ihm schon lange nicht mehr, aber wie auch immer, er war das einzige noch lebende Familienmitglied gewesen.

Michaels schmales Gesicht war gebräunt, das dichte dunkelblonde Haar ordentlich gekämmt, rasiert hatte man ihn nicht. Um seinen Mund lag ein spöttischer Zug, Ironie, Überheblichkeit. So jedenfalls kam es Schorsch vor. So kannte er ihn, herablassend. Er nickte und wandte sich dann zur Tür.

»Ich habe noch ein paar Fragen«, sagte die ermittelnde Kommissarin. Schorsch hatte ihren Namen schon wieder vergessen. Sie war extrem dünn, hatte eine stark ausgeprägte Nase und trug eine John-Lennon-Brille.

»Ja?«, sagte Schorsch.

Die Kommissarin räusperte sich.

»In meinem Büro«, sagte sie.

Es war ein schlecht gelüfteter, fast quadratischer Raum im Parterre. Zwei Fenster zur Straße hin, auf den Fensterbänken verschiedene Kakteen und ein goldglänzendes Gießkännchen. Aktenschrank, Schreibtisch, zwei Besucherstühle. Behördenstandard.

Die Kommissarin nahm Platz und bedeutete Schorsch, sich ebenfalls zu setzen.

Er tat es.

»Sie haben also Ihren Bruder eine Ewigkeit – sagen Sie –, eine Ewigkeit nicht mehr gesehen. – Er lebte in Köln.«

Schorsch zuckte die Achseln.

»Gab es dafür einen Grund? Ich meine ...« Sie blickte auf irgendein vor ihr liegendes Papier. »Ich meine, für den mangelnden Kontakt.«

»Wir hatten uns nicht mehr viel zu sagen.«

»Inwiefern?«

»Er hat sein Leben geführt, ich meins. Da gab es keine Gemeinsamkeiten.«

»Ihr Bruder hat dem Vernehmen nach als IT-Berater gearbeitet.«

»Sagt wer?«

»Seine Lebensgefährtin – eine Jutta Kotzke.«

Jutta! Seine Lebensgefährtin! Schorsch glaubte, nicht richtig gehört zu haben. Er brauchte einen Moment, bevor er reagierte.

»Nett«, sagte er dann.

»Wie bitte?«

»IT-Berater. Freiberuflich, nehme ich an. Was anderes wäre für ihn ja auch nicht infrage gekommen. Nur nichts Festes, nichts Bindendes. Frei, immer frei sein, von allem unabhängig. War ja auch möglich, anfangs jedenfalls. Aber wenn man mit Geld nicht umgehen kann – ach, was soll's!« Er machte eine knappe, abschließende Geste, hatte schon zu viel gesagt, zu emotional, zu heftig.

Die dürre Tante glotzte ihn an.

»War's das?«, fragte er.

Jutta Kotzke wohnte in der Altstadt, im vierten Stock über einer Eckkneipe, kein Fahrstuhl, die Treppe mit grün gesprenkeltem Linoleum ausgelegt. Schorsch war gut trainiert, nahm jeweils zwei Stufen auf einmal und war kein bisschen außer Atem, als er an der Wohnungstür klingelte.

Jutta schien nicht überrascht. Sie bat ihn herein, ging vor in einen großen, hellen Wohnraum, karg eingerichtet, den eine karminrot bezogene Récamiere dominierte.

»Seit wann wart ihr zusammen?«

Sie hob abwehrend die Hände.

»Das waren wir nicht«, sagte sie. Sie hatte sich kaum verändert. Sportlich schlank, das kupferfarbene Haar zu einem Pferdeschwanz zusammengebunden, perfektes Make-up, aber die Augen – er hatte sie anders in Erinnerung. »Das einzige Stück Papier, das Mike noch bei sich hatte, war meine Geschäftskarte. Ich habe denen gesagt, dass wir locker liiert waren. Mehr nicht – genau. Was die daraus machen, ist nicht mein Problem.«

Schorsch wischte sich mit der flachen Hand übers Gesicht.

»Hast du 'n Schluck Wasser?«

Sie sah kurz auf ihre Armbanduhr und ging wortlos nach nebenan. Er hörte sie mit Gläsern und Flaschen hantieren. Als sie zurückkam, reichte sie ihm ein hohes, geriffeltes Glas.

»Wodka Tonic«, sagte sie. »Ich nehme an, du hast deine Gewohnheiten nicht geändert. – Wie lange bleibst du?«

»Bis alles geregelt ist.«

»Ich habe noch einen Wohnungsschlüssel.«

Er nickte.

»Locker liiert also«, sagte er.

Jutta schüttelte den Kopf, nahm einen Schluck und trat ans Fenster, wandte ihm den Rücken zu. Schorsch registrierte, dass sich unter dem dünnen Stoff des beigefarbenen Kostümrocks ihr Slip abzeichnete. Es hatte Zeiten gegeben, da hätte ihn das erregt. Jetzt stellte er lediglich fest, dass ihr Hintern doch etwas breiter geworden war.

»Eines Abends stand er plötzlich vor der Tür. Keine Ahnung, wie er rausgekriegt hat, dass ich nach Köln gezogen war. Aber so was war für ihn ja schon immer ein Leichtes – genau. Wir haben miteinander geschlafen und dann immer wieder mal. Wenn es sich ergab. Zufrieden?«

»Wie gehabt. Mal mit ihm, mal mit mir.«

Sie lachte.

»Mein Gott! Ich hab keinem von euch je was versprochen.«

»Nur meine Kohle abgegriffen. Aber geschenkt. – Was war es bei Mike?«

Sie drehte sich zu ihm um, fixierte ihn.

»Zumindest in einem Punkt war er dir über«, sagte sie. »Er hatte Humor.«

Gegen drei in der Nacht wachte Schorsch auf. Er musste pinkeln. Im Bad sah er ungewollt in den Spiegel, schlaftrunken. Das Gesicht blass, tiefe Kerben an den Mundwinkeln, graue Bartstoppeln. Er sah scheiße aus. Er glaubte, von Jutta geträumt zu haben, von irgendeinem Badesee und einer Bullenhitze. Über nackte Haut krabbelnde Insekten. Leuchtendes Haar. Ein brennendes Gebüsch. Er drehte den Wasserhahn auf und trank einen Schluck.

Und dann war da wieder der reißende Bach. Die scharfkantigen Steine. Die Waldlichtung. Die durch das Geäst fallenden Sonnenstrahlen, ein Strahlenkranz. Und der Schrei, der durchdringende Schrei. Den hörte er seit Jahren immer und immer wieder, das ging nicht vorbei, war jedes Mal wie ein Stich ins Herz, mit eiskaltem Stahl.

Er fühlte sich einsam, alleingelassen, mehr denn je zuvor. Er dachte flüchtig daran, ob er mit Jutta hätte vögeln sollen. Der alten Zeiten wegen. Er betrachtete sein Spiegelgesicht, schüttelte den Kopf. Nein, es war gut, so wie es war.

Er ging zurück ins Zimmer, nahm ein Bier aus der Minibar und sah aus dem Fenster auf Bahnhof und Dom.

[...]